Aléa 2   프롬 윤영옥

김정   프롬 윤영옥

주영 1.

윤영옥 여사가 떠났다.

주영 씨, 나 떠난다. 그동안 고마웠어.

자정께 영옥 여사로부터 문자 한 통을 받고 그 길로 밤을 하얗게 칠했다. 문자를 확인한 즉시 전화를 걸었지만 꺼져 있었다. 여름이라 새벽 5시만 넘어도 방 안이 밝아져 온다. 해가 언제, 어떻게 서서히 차오르는지 작은 방에 누워 뜬눈으로 다 느낀다. 세상모르고 잠든 다섯 살 난 아들을 바라본다. 동그란 이마, 동그란 볼, 동그란 코… 아이의 얼굴을 눈으로 쓸다가 깜박 잠이 들었나 보다. 9시경 지후가 깨서 내 무거운 몸뚱어리를 가만히 두지 않고 뒤흔든다. 이부자리에 찐득하게 들러붙는 신체를 겨우 일으켜 세운다. 그래, 자식 입에 밥은 들어가야지. 어제 끓여놓은 미역국에 밥 한 덩이 말아서 아침밥을 간단히 챙겨주고 어린이집 통학 차량에 태워 보냈다. 빈집에 앉아 멍하게 허공만 바라보고 있다가 벌떡 일어나 휴대폰을 들어 영옥 여사에게 전화를 걸었다. 전화기가 꺼져있어… 전화기 너머로 흐르는 상냥하고 차가운 여자의 음성이 두근거리는 내 가슴을 발끝까지 내동댕이친다. 어느새 손톱 옆에 일어난 딱딱한 굳은살을 물어뜯고 있다. 거실을 왔다 갔다 하며 이따금 헝클어진 머리를 쓸어 올리고 심호흡도 해 보지만 동한 마음이 쉽사리 가라앉지 않는다. 갑자기 축축한 누린내와 개소주 끓이는 냄새가 풍겨와 헛구역질이 밀려 나온다. 급히 화장실로 달려가 변기 뚜껑을 들어 올리며 상기한다. 익숙하고 소름 돋는 냄새, 우울하고 살기 넘치는 비릿한 냄새의 기억을.

나는 열두 살의 시장통 이층집으로 다시 돌아왔다. 초등학교 5학년 때 창원에서 마산으로 이사를 했다. 창원은 계획도시여서 시원하게 뻗은 대로와 정비된 아파트 단지, 드넓은 공원이 곳곳에 있어서 살기에 쾌적했다. 그런데 마산은 좀 달랐다. 오래된 도시인지라 낡은 집들이 언덕을 따라 오밀조밀 붙었고 도로도 대부분 2차선으로 좁고 구불구불했다. 바다를 끼고 어시장이 발달해서 그 주변을 지날 때는 늘 비린내가 났다. 내가 새로 이사한 집은 대학교 번화가에서 조금 외진 시장 골목의 한가운데 있었다. 시장통 초입으로 100m쯤 들어가 걸으면 늘상 축축하게 젖은 채로 누린내를 풍기는 닭집의 2층이 나의 집이었다. 옆집은 단층 짜리 개소주 집이었다. 낡은 봉고차가 종종 우리 집을 지나 개소주집 앞에 섰다. 뻣뻣하게 굳은 채로 끌어 내리는 쪽과 반대지점으로 빗변을 만들어 버티는 개들을 수시로 날랐다. 어느 날은 머리부터 발끝까지 까만 흑염소도 만날 수 있었다. 세계의 어두운 기운이 다 집약된 것 같은 새까만 어두움이었다. 집에 가만히 있으면 두껍고 둥근 나무 도마에 닭을 절단하는 둔탁한 칼 소리가 났다. 무심하게 탁! 탁! 개들의 신음이 사그라들며 운명하는 소리도 심심치 않게 들렸다. 깨개갱- 깽깨애앵- 사시사철 방의 창문으로 습한 누린내와 뜨거운 한약재 냄새가 들이쳤다. 시장의 이름을 아직도 기억한다. 새벽녘에 들어섰다가 이른 오전께 번개처럼 문을 닫는다고 해서 번개시장이라 했다. 닭집과 개소주집은 번개라는 이름과 걸맞지 않게 아침부터 밤늦게까지 영업을 했다. 반듯한 아파트에 살다가 졸지에 시장통 닭집 2층으로 이사를 오면서부터 나는 모든 것이 잘못되었다고 생각했다. 엄마가 떠나고부터 나에게 남겨진 것들이기 때문이다.

아빠가 막노동을 나가고 혼자인 시간에는 다락과 옥상에서 대부분의 시간을 보냈다. 옥상에 돗자리를 펴고 하늘만 멍하게 바라보면서 아침에 혼잡스러웠던 번개시장의 고요에 가만히 귀를 기울였다. 옥상에 난 수도꼭지에 물을 틀고 죽은 식물 줄기가 꽂힌 화분에서 흙을 퍼내 소꿉놀이를 하곤 했다. 이 말라비틀어진 화분도 누군가의 정성된 돌봄으로 한때는 꽃을 피워내고 아름다움을 뽐냈을 테지. 다락의 서랍장에서 엄마가 두고 간 유행이 지난 옷가지들을 꺼내 치렁치렁 드레스를 만들어 입고 놀았다. 한껏 멋을 부리고 나서 아빠가 눈치채지 못하도록 반듯하게 정리했다. 그리고 서랍을 닫기 직전에 옷자락에서 엄마냄새를 맡았다. 옷가지에 코를 깊숙이 묻고 천천히 들이마신다. 나프탈렌 냄새 사이로 희미한 엄마냄새를 곡진하게 더듬어 취한다. 하아. 엄마, 엄마냄새.

지긋지긋한 시장통 이층집에도 장점이 하나 있었다. 번잡스러운 활기가 가득한 시장의 정수리를 한눈에 담을 수 있다는 것이다. 이층집 창문으로 내려다보며 노점에 빛나는 과일들을 구경한다. 오늘은 주먹만 한 자두와 검보라색 포도에 특별히 눈이 간다. 참 달겠다. 농산물은 상인들 마다 텃밭의 종목이 다 달라서 취급하는 물건이 제각각이다. 메리야스와 팬티, 양말 뭉치를 쌓아두고 파는 리어카도 있었다. 엄마들이 입는 거들이나 레이스 잠옷은 옷걸이에 층층이 세워 걸어 보기 좋게 그 자태를 과시한다. 번들거리는 생선들이 나란하게 모로 누워 하늘을 바라보고 있는 어물전도 재미가 있다. 저렇게 큰 생선은 누가 어떻게 잡아 올린 건지 신기할 따름이었다. 하반신에 까만 고무판을 둘러싸고 바퀴 달린 나무판에 배를 대고 인어공주처럼 엎드려 구걸하는 아저씨도 보였다. 커다란 호박엿 한 판을 정과 망치로 톡톡 끊어 맛보기 호객을 하는 엿장수도 있었고, 물건 값을 흥정하는 아줌마, 손님을 목 빠지게 기다리는 아마추어 야채행상들, 양손 가득 장거리를 들고 바삐 걷는 아저씨도 심심치 않게 만났다. 엄마 손에 끌려 더딘 걸음을 하는 아이도 보았다. 아이 손을 잡고 분주하게 장을 살피며 걷는 엄마 쪽이 나의 시선을 특별히 오래 잡아 두었다. 시간 가는 줄 모르고 하염없이 번개시장을 내려다보았다. 넋을 놓고 구경을 하고 있다가 갑작스러운 아빠의 쩌렁쩌렁한 호통에 오줌을 지릴 듯 끔찍 놀라곤 했다. 정신 나간 년 마냥 거기서 무얼 하고 있느냐고, 아빠는 상스러운 말로 나의 흥미진진한 구경을 갈기갈기 찢어놓았다.

내가 중학생이 되고는 토요일마다 성당의 중고등부에 다녔다. 그 맘때는 성당에서 번화가까지 우르르 떼 지어 함께 걸을 일이 많았다. 번화가까지 통하는 지름길은 번개시장을 가로지르는 방법이 유일했는데 자연스레 늘 누린내를 풍기는 닭집도 지나게 되었다. 나는 2층의 열린 창문 사이로 우산살 같은 빨래건조대가 주렁주렁 양말들을 매달고 빙그르르 돌아가는 장면을 흘긋 보고 곧 고개를 푹 숙이고 걸었다. 눈치 없는 친구 하나가 큰 소리로 주영아, 너네 집이네. 하고 아는 체를 하는 날이면 나는 대답도 제대로 못 하고 그 자리에서 그만 땅속으로 푹 꺼져 버리고 싶었다. 같은 학년 동기들은 점차 마음을 터놓는 사이가 되었다. 모두의 사정을 듣고 보니 나와 다를 바 없었다. 가정불화와 폭력, 가난과 방치, 학교폭력과 따돌림은 열다섯 인생의 일상 중에 발로 차이듯 흔한 것이었다. 우리는 모두 불행을 연명하고 있었다. 그 시절의 모든 어둡고 습한 만남, 사연, 장면, 냄새, 기분들이 엄마가 떠난 빈자리를 빼곡히 채우고 있었다. 어젯밤 윤영옥 여사가 떠나고 아침부터 곁을 맴도는 익숙한 누린내가 그 시절 시장통 이층집으로 나를 돌려보냈다.

영옥 여사와는 동네 놀이터에서 만난 육아 동지였다. 나는 30년 된 복도식 주공아파트에 살았고, 단지를 가로지르는 산책로 너머에는 영옥 여사의 2년 된 신축아파트가 자리하고 있었다. 나는 산책로를 통해 새 아파트의 놀이터에 아이를 데리고 종종 놀러 나오곤 했다. 아들 지후가 8개월 즈음 되었을 때 손주 민성을 돌보던 영옥을 그곳에서 처음 만났다. 베이지색의 질 좋은 린넨 원피스를 발목까지 내리고 컬이 잘 살아있는 귀부인 헤어스타일을 하고 고급 유모차를 끌고 나타난 영옥이 먼저 입을 뗐다.

"어머, 민성이 친구가 놀이터에 와 있었네. 아기가 몇 개월이에요?"

중년을 한참 넘은 여성의 피부는 놀랍도록 곱고 투명했다. 나는 그 아우라에 매료된 상태에서 말을 더듬으며 간신히 대답했다.

"아... 저... 9개월에 들어섰어요. 이 아기는 몇 개월인가요?"

"8개월이에요. 반가워요."

여사는 수줍게 웃으며 쇼트커트 머리를 귀 뒤로 넘겨 정리했다. 한눈에도 그녀에게 흐르는 낯선 기품과 여유가 좋았다. 온화한 표정과 말투가 부드러웠다. 따뜻했다. 지금껏 내게 익숙한, 가난과 분노가 저절로 배어 나오던 불안한 얼굴들과 달랐다. 여사는 내가 바라는 여성의 상이었고 어른의 상이었고 어머니의 상이었다. 우리는 거의 매일 같은 시간에 놀이터에서 만났다. 영옥 여사는 중학교 국어교사인 딸을 대신해 손주를 키우고 있다고 했다. 딸과 같은 아파트 옆 동에 살며 살림을 함께 봐준다고 했다. 남편분은 대학에서 교편을 잡고 계시다가 몇 년 전에 사별했다 했고 아들이 하나 있는데 가톨릭 사제의 길로 들어서 로마 유학길에 올랐다고 했다. 무엇 하나 흠잡을 곳 없는 배경이었다. 저 같은 배경의 결과가 얼굴에서, 몸짓에서, 말투에서, 좋은 기운으로 뿜어져 나오는 것일까. 나는 유독 상대의 이러한 지점에 무너져 내릴 것만 같은 위태를 느낀다. 내 비루한 과거와 시작점도 찾을 수 없을 만큼 뒤엉킨 피해 의식들, 그리고 현재의 평탄치 않은 삶까지 훤히 다 밝혀 보이게 하는 것만 같아서. 그러나 영옥 여사는 조금 달랐다. 그녀는 드러냄과 동시에 나의 어두운 부분을 다독이는 힘이 있었다.

서진 1.

엄마가 떠났다.

서진아, 좀 다녀와야겠다. 기다리지 마라. 민성이 잘 챙기거라.

간밤의 예상치 못한 메시지를 받은 후 엄마와 연락이 닿지 않은 지 일주일째다. 그날 이후로 밤잠은 통째로 사라진 셈이다. 어디에 얼마나 가 있을 생각이냐고 간절히 묻고 싶지만 엄마의 전화는 메시지 한 통을 끝으로 계속해서 침묵을 지키고 있다. 일평생을 가족을 위해 헌신하며 살아오신 분이다. 오롯이 자신을 위해서 자신을 던져 보지 않았던 노년의 부인이 어디서 혼자 무얼 하겠다는 건가. 엄마는 이미 떠날 준비를 하고 계셨다. 냉장고에는 다양한 밑반찬이 나란히 자리 잡고 있었고 국도 몇 가지 소포장 되어 냉동실에 차곡차곡 들어차 있었다. 과일도 종류별로 구비되어 있고 찬장에 마른 주전부리도 채워져 있다. 세탁물도 다림질까지 정리가 끝났고 침실의 침구도 하얗게 새것으로 교체되어 있다. 여전히 집 안 구석구석 엄마의 손을 타지 않은 곳이 없다. 참 엄마답다. 엄마의 영역, 엄마의 최선이라는 것은 부재중에도 여전히 빳빳하게 날이 서 있다. 엄마와 나는 언제부터 이 만큼 어색해졌을까. 나는 부족함 없이 사랑받고 또 사랑을 표현하는 딸이었다. 엄마는 자식에게 다정하고 따뜻한 부모였다. 엄마와 나 사이에 냉랭한 물길이 흐르기 시작한 때가 언제부터인지 희미하다. 원하는 미술대학을 포기했을 때부터인가. 결혼을 하고부터인가. 민성이가 태어나고부터인가. 확실한 것은 육아를 놓고 사소한 견해 차이는 가랑비처럼 우리 사이에 내려앉았다는 것이다. 그것은 질펀한 물길이 되어 모녀 사이를 가로지르고 있었다. 차이는 오해를 낳았고 그것은 때로 각자의 가슴을 향해 날카롭게 그어져 왔다. 자식은 부모가 되어 또 자식을 낳고 부모의 역할을 해낸다. 장성한 자식의 부모는 뒤로 물러나 쉬어가야 하는 단순한 자연의 순리가 지금 내 집에는 들어맞지 않는다. 내 가정을 향한 물러남이 없는 엄마의 사랑과 관심은 내가 설 자리를 좁히고 있었다. 역할과 책임의 영역이 흐릿해지면서 순리는 흐트러지고 섭리는 망가지고 만 것이다. 엄마는 잠적을 통해 이들을 제자리로 돌려놓고자 하는 걸까. 이 같은 부조화를 인지는 하고 계신 걸까. 알고 있다면 이 망가짐을 견디지 못해 도피한 걸까. 그게 그건가. 파르르-. 입가에 경련이 인다. 마음을 좀 쓴다 싶으면 생기는 현상. 입가에 손을 갖다 대고 잠시 그대로 있었다. 내일이 밝으면 지후 엄마를 찾아가 볼 생각이다. 어쩌면 엄마의 심경과 갑작스러운 잠적에 관하여 들을 수 있을지도 모르겠다. 머리가 지끈거릴수록 아침은 밝아 오고 있다.

여름방학을 열흘쯤 앞두고 있던 날, 교무실에서 엄마의 다급한 전화를 받았다. 민성이가 고열로 발작이 나서 응급실로 향한다고 했다. 조퇴를 신청하고 급하게 가방에 소지품을 쓸어 담고 있는데 반장 아이가 불쑥 찾아와서 면담을 하고 싶다고 말했다. 아이의 얼굴에 드리운 짙은 그늘을 보았지만 붙잡고 침착하게 물어볼 마음의 여유가 없었다. 어제저녁부터 열이 오르기 시작한 민성이가 결국 탈이 난 것이다. 엄마의 날카로움에 이번만큼은 바로 반응을 해야겠다는 부담감도 작용했다. 민성이가 열이 오르기 시작한 어제저녁 그 시각에 나는 교사 회식에 참석하느라 휴대폰을 가방에 두고 전화를 받지 못했다. 보채는 아이를 겨우 달래 재우고 녹초가 된 엄마는 나의 늦은 귀가를 곱게 맞이할 리가 없었다.

"어, 급한 거 아니면 내일 얘기해요."

반장의 축 처진 입꼬리 끝에서 간신히 새어 나오는 요청을 뒤로하고 하고 덩그러니 아이만 세워둔 채 교무실을 빠져나왔다. 엄마와 나 사이뿐만 아니라 내 직업의식도 언젠가부터 차갑게 식어버렸다. 병실에 도착하니 부드럽게 굽은 엄마의 어깨 너머로 여린 팔에 링거 바늘을 꽂고 잠들어있는 민성이를 보았다.

"무슨 일이래요?"

엄마는 나를 올려다보더니 고개를 반대 방향으로 돌려 흠흠, 목을 한 번 가다듬고 말씀하신다. 목감기에 드신 지 오래 지났는데 차도를 보이지 않는 모양이다.

"가와사키병이란다. 감기와는 다른 병이라는 구나. 고열과 기침으로 폐에 흉터가 생길 수 있으니 관리를 잘해야 한단다."

16

"가와사키?"

핸드폰을 꺼내 검색창에다 가와사키라고 검색을 하고 있는데 엄마가 다짜고짜 역정을 낸다.

"거참, 거기서 뭐가…"

말을 멈추고 다시 목에 각혈을 쓸어내리듯 목소리를 가다듬고 말씀하신다.

"거기서 뭐가 나온다고 병원까지 와서 그걸 들여다본다니? 의사를 부르던가."

핸드폰을 내려놓고 엄마의 짜증 섞인 얼굴을 가만히 바라보았다. 언젠가부터 엄마에게 자연스레 높임말을 쓰고 있다.

"아침부터 고생 많으셨어요. 엄마. 많이 놀라셨죠? 좀 들어가서 쉬세요. 목소리가 돌아올 기미가 안 보이시네요."

"대체 너는…"

엄마는 눈을 흘기며 말을 삼키는 듯하더니 곧 이어간다.

"출근 복장을 해가지고서는 병실을 어떻게 지키겠다는 거니? 집에 다녀와라. 내가 있을 테니. 먼저 화장실 좀 다녀오마. 어찌나 긴장을 했는지 소변 마려운 줄도 몰랐네. 원…"

뒤돌아서며 중얼거리다가 마른기침을 쏟으며 병실 밖으로 멀어진다. 쉰 목소리와 기침 때문에 엄마의 말소리를 잘 듣지 못했다. 실은 듣고 싶지 않았다. 언젠가부터 엄마는 나를 향해 한꺼번에 신경질을 쏟아붓는다. 무엇에 관한 화일까. 어제 보채는 아이를 어르고 달래는 것부터 오전에 발작하는 민성이를 혼자 감당해내면서 얼마나 힘에 부치셨을지 빤히 그려지지만 달리 해드릴 말이 없다. 어찌 된 것인지 아이가 커갈수록 나는 엄마 앞에서 작아진다. 나는 나대로 열심히 살 뿐인데 갈수록 면목이 없어진다는 사실이 진을 빼놓는다. 이미 멀리 와버린 것 같다. 화장실에 다녀온 엄마가 덧붙인다.

"김 서방한테는 전화 안 했다. 가뜩이나 회사가 바쁠 텐데 그이까지 신경 쓸 거 있니? 얼른 다녀와라."

"다녀올게요."

하고 싶은 말이 목구멍 아래서 솟구치지만 간신히 눌러 삼키고 돌아선다. 엄마의 기침 소리를 뒤로하며 엘리베이터를 잡아탔다. 남편은 늘 이런 식으로 엄마로부터 열외다. 당연한 수순으로 가장으로서의 의무, 아이 아빠로서의 의무도 열외다. 엄마와 내가 이 가정을 책임지는 부부 같다는 생각이 든다. 아니, 어쩌면 엄마 혼자 내 가정을 진두지휘하고 있는지도 모른다. 주차장으로 향하면서 바로 남편에게 전화를 걸었다.

"나야. 민성이 고열발작이 있어서 입원했어."

"그랬구나. 지금은 어때?"

"좀 가라앉아서 잠들었어."

"다행이네. 다른 큰일은 없는 거지? 나 오늘 야근인데. 장모님 같이 계시지? 무슨 일 있으면 전화하고. 회의가 있어서 나 들어가 볼게. 수고해."

내 대답이 채 입 밖에 나오기 전에 상대의 전화는 끊어졌다.

집으로 돌아와 곧바로 샤워를 했다. 아이 곁에서 오늘 밤을 보내고 아침이 되면 바로 출근할 요량으로 짐도 챙길 셈이었다. 수건을 대충 두르고 속옷을 꺼내려고 안방 서랍을 열었다. 똑같은 방식, 똑같은 크기로 개어져 한 치의 흐트러짐도 없이 일렬을 이루는 속옷을 보며 나도 모르게 한숨이 나온다. 턱 하고 숨이 막혀 맞은편 침대에 걸터앉았다. 다림질된 새하얀 이불 커버가 어김없이 때를 맞춰 교체되어 있다. 베개 네 개가 나란히 이 열을 이뤄 정갈하게 포개어져 호텔 침실을 연상케 한다. 이 방은 숨이 막힌다.

"엄마, 속옷이랑 침구 관리는 제발 그냥 두세요."

여러 번 말씀드렸건만 그때마다 엄마는 오히려 내게 면박을 주며 뜻을 굽히지 않으신다.

"얘도 참. 순진해 빠져 가지구. 젊은 사람들이 말이야... 남자가 힘들게 바깥일하고 집구석에 들어오면 뭐가 있겠니. 따뜻한 밥상을 받고 매일 햇볕 냄새나는 이불을 덮고서야 밖에 나가 딴짓거리 해봐야 별수도 없다는 걸 아는 거야. 그래야 마누라를 한 번이라도 더 안아보고 싶지. 너 그게 얼마나 중요한 건 줄 아니? 그게 남자라고."

이 순간의 모성애란 것은 처참하게 징그럽다. 이 저질스러운 발언 앞에서 나는 할 말을 잃을 뿐이다. 때론 사랑은 사랑이 아니다. 사랑과 걱정으로 포장된 그릇된 욕망이고 교양으로 치장한 곪아 썩어나는 결핍일 뿐이다. 저 징그러운 모성애 앞에서 그저 무기력한 나는, 나는 또한 저질스럽지 않은가.

주영 2.

어느새 여름은 그 중심을 향해 치닫고 있다. 먼 산은 초록빛에서 검푸른 빛으로 변모했고 한낮의 찌는 열기가 산의 모양새를 아스라하게 흐트러트린다. 선풍기 없이 잠시도 견디기 힘든 나날들이다. 이 무더위가 진을 빼는 것인지 영옥의 부재가 진을 빼는 것인지 알 수 없다. 어린이집을 마친 지후와 함께 동네 마트에서 브로콜리와 달걀을 사고 지후가 매대 앞에서 만지작거리는 막대 사탕도 함께 계산했다. 집으로 돌아오는 산책로에서 매미가 하늘이 찢어지도록 울어대는 통에 나는 한바탕 욕을 퍼붓고 싶은 충동이 인다. 아파트 입구의 우체통에 무언가 각진 모서리가 삐죽 내밀어져 있다. 또 아파트 분양 광고나 관리비고지서려니. 잊을만 하면 돈, 돈, 돈 거리는 지겨운 것들이겠지. 행복한 미래가 기다릴 것이라고 부추기거나, 돈 내라고 채근하는 지겨운 종잇장들. 편지함 뚜껑을 열었더니 낯선 크래프트 지의 편지 봉투가 자리하고 있다. 'FROM. 윤영옥.'

손이 덜덜 떨리고 심장이 단단히 멈춰버릴 것 같았다. 서둘러 엘리베이터를 잡아타고 집 현관문을 열었다. 앉자마자 봉투를 열었는데 아이가 배고프다고 성화다.

"엄마, 배고파. 엄마아."

아무래도 일과를 끝내고 조용한 시간이 주어졌을 때 편지를 읽는 편이 나을 것이다. 아이 저녁을 간단히 차려서 후다닥 먹이고 평소보다 조금 빨리 이부자리를 준비했다.

"엄마, 잠 안 와."

"아니야. 잘 시간이지?"

잠자리에 드는 시간을 사십 분이나 앞당긴 것을 아이는 생체시계로 아는 듯했다. 그러나 나의 마음은 온통 영옥 씨에게서 온 편지에 가 있었다. 아이를 재우고 조용히 편지를 마주하고 싶은 생각뿐이었다.

"더 놀고 싶어."

"오늘 일찍 자고 내일 일찍 일어나면 더 많이 놀 수 있어."

"싫어. 더 놀래."

보채는 아이를 달래어 억지로 양치를 시키고 자리에 눕혔다. 부산스레 뒹굴뒹굴하는 아이 옆에 나란히 누워 뻑뻑한 눈을 끔뻑거리고 있었다. 깜깜한 천장에 대고 영옥 씨를 생각했다. 몸과 마음이 따로 있을 때의 시간은 유난히 더디게 흐른다. 아이의 가지런한 숨소리를 확인하고 슬그머니 이부자리를 빠져나왔다. 거실 바닥에 작은 상을 펴고 앉아서 조심스레 베이지색 봉투를 열었다.

주영아.

늙은이가 너무 갑작스러웠지? 이 나이 먹도록 내 몸뚱이 신세 질 곳 하나 없더라구. 잠깐 며칠 머리 좀 식히고 싶었을 뿐인데 당최 오갈 데가 없어서 이렇게 떠나오게 되었지 뭐야. 여기 제주도야. 민박집. 아침마다 제주도식 옛집에서 흙벽 너머로 밀려오는 파도 소리와 작은 쪽창으로 들이치는 햇살에 잠을 깨. 눈을 부스스 뜨고 천천히 기지개를 켜면서 작은 방안에 들어찬 아침 공기를 헤아려 본다. 소리와 냄새와 빛깔과 부유하는 먼지까지 말이야. 천장과 벽, 창, 방바닥, 이부자리를 차례차례 눈으로 어루만지며 나를 둘러싼 모든 것들을 온전히 다 느껴보기로 했거든. 몇 시나 되었을까. 시계도 보지 않고 하루를 통째로 어림으로 산단다. 그래서인지 여기 와서는 쭉 단잠을 자.

　내가 머무르는 곳은 바닷가에서 골목으로 조금 걸어 올라와서 세 번째 집이야. 작은 마당을 낀 이 집이 마음에 꼭 들어. 마당에 조그만 렌트카가 쏙 들어가고도 테이블 하나 놓을 자리가 있어. 거기에 앉아 주영이에게 이 편지를 쓴다. 원룸식으로 공간을 터서 부엌과 거실과 침실이 하나야. 나중에 추가로 달아냈는지 작은 방도 하나 딸렸어. 그 공간만큼 옥상이 마련되어 있거든. 한 평 남짓 되려나. 집안에 세간이 제법 야무지게 마련되어있어. 부엌에 간단하게 요리를 해 먹을 수 있게 냄비 세트와 그릇, 조리기구, 기본양념, 가스레인지, 전자레인지, 냉장고, 토스터, 에스프레소 머신까지 있어. 깔끔하게 개조한 욕실도 마음에 들고. 티브이, 세탁기, 침대의 뽀얀 침구도 마음에 꼭 든다. 내 몸 겨우 지나갈 수 있는 좁은 계단을 올라서 나직하고 조그만 옥상에다 매일 빨래를 널어. 제주 바다와 동네를 한눈에 담으면서 빨래를 팡팡 털면 작은 물방울들이 얼굴을 간질인다. 그 바람에 얼굴을 잔뜩 찌푸리며 피식피식 웃곤 한다. 이 사랑스러운 옥상에 빨래를 널고 걷으려고 하루 두 번을 오르는데, 가슴이 어찌나 뻥뻥 뚫리는지 몰라. 얼굴도 한번 보지 못한 주인장이 오래 머무는 손님이라고 캡슐커피도 넉넉히 준비해 주었네. 아마 이 근방에 살며 숙소를 관리하는 모양인데 핸드폰 메시지로 주의사항과 궁금한 점을 다 주고받아서 특별히 얼굴을 마주치거나 할 필요는 없었어. 요즘은 다 이런 식인가 보지? 한 달이나 집을 얻어다 쓰는데 주인과 얼굴 맞대고 인사 한번 나눌 일 없다는 사실이 좀 이상하지 않아? 어쨌든 준비해 준 캡슐커피는 감사히 잘 먹고 있어. 몸 생각해서 이 좋은 커피도 슬슬 줄여야겠지만.

바다를 낀 조그만 동네에 원주민이 대부분이지만 뭍에서 건너온 젊은 이들이 이리 많을 줄 몰랐네. 그 젊은이들이 골목골목 내가 지내는 숙소와 비슷한 게스트하우스도 운영하고 작은 빵집이나 식당, 커피가게를 열었더라고. 제주의 옛집을 그대로 살려서 아기자기 자기만의 색깔로 꾸며 놓았는데 음식과 커피 맛도 얼마나 훌륭한지. 바다에 스카프 하나 깔고 앉아서 갓 나온 팥빵을 한입 깨물면 세상이 다 녹아내린단다. 뜨거운 커피로 목을 축이면 맛과 향과 제주의 황홀경이 뒤섞여 완전히 취해 버리고 말지. 주영아 나 이렇게 잘살고 있어. 또 편지할게.

7월 29일

from. 윤영옥

손이 부들부들 떨리며 편지지 위에 탁, 탁, 작은 물방울이 흩어졌다. 글씨들이 물 자국을 따라 푸르스름하게 번져나갔다. 편지를 읽는 내내 제주의 바닷냄새를 맡았고 이부자리에 누워 바다의 소리를 듣고 햇살의 감촉을 느끼는 영옥 여사를 느꼈다. 잘 지내시는구나. 영옥 씨. 발신지 주소를 다시 확인했다. 제주특별시 애월읍 바람볕 게스트하우스. 당장이라도 비행기표를 끊고 그녀를 만나러 제주 땅으로 달려가고 싶은 충동이 든다. 그러나 다섯 살배기 아이를 데리고 운전도 못 하는 내가 어떻게 그곳까지 가 닿을 수 있을까. 턱없이 부족한 생활비까지 생각이 미치자 고개가 절로 가로 저어진다.

주영 씨, 오늘은 비가 오네요. 지후 데리고 민성이네 집에 놀러 오는 게 어때요? 우리는 티타임을 가지면 좋겠네요.

새벽부터 비가 내리던 날 영옥 여사에게서 문자가 왔다. 그동안 거의 하루도 빼놓지 않고 민성이와 지후가 놀이터에서 만났다. 민성이 할머니가 먼저 전화번호를 물어서 주고받긴 했는데 메시지가 온 것은 처음이었다. 비가 와서 오갈 데가 없어 아쉬운 마당에 영옥 여사의 제안은 반가운 것이었다. 영옥 여사의 초대에 단정한 차림으로 가고 싶었다. 매일 만나는 사이지만 양말도 조금 상태가 나은 것으로 고르고 티셔츠도 그나마 새것으로 골랐다. 지후도 깔끔한 옷을 골라 입혔다. 냉장고 야채 칸에 검은색 비닐봉지째 넣어둔 참외를 꺼내서 열어본다. 어제 산책로 노점에서 사둔 것인데, 모양도 제각각이고 군데군데 흠이 나서 엉망이다. 저렴한 가격에다 먹는 데는 상관없다며 자주 이용하긴 하는데, 선물용으로는 아무래도 아닌 것 같다. 그러나 이 비를 뚫고 유모차를 밀며 마트까지 갈 자신은 없다. 첫 방문에 빈손으로 갈 수도 없는 노릇이라 어쩔 수 없이 검은색 비닐봉지를 들고 가는 수밖에. 참외를 유모차 아래 짐칸에다 싣고 유모차에 레인 커버를 씌워 산책로 너머 영옥 여사의 딸 서진의 집으로 간다.

여사가 알려준 동 앞에서 아파트를 올려다보니 엘리베이터를 중심으로 좌우로 한 집씩 자리하여 제법 평수가 넓은 집이었다. 엘리베이터를 타고 올라가 초인종을 눌렀다.

"안녕하세요."

"어서 와요. 민성아. 지후 왔네."

영옥 여사가 문을 열며 머리칼을 귀 뒤로 넘긴다. 집 안 멀리 있는 민성이를 부른다.

활짝 웃으며 반기는 여사에게 빗물이 튀어 초라하게 쪼그라든 검정색 비닐봉지를 내밀었다.

"참외에요. 어제 산책로에서 샀는데 맛이 있을지 모르겠어요."

"에이, 뭘 이런 걸 사 와. 고마워요. 들어와요."

50평은 되어 보이는 최신식 아파트가 으리으리했다. 벽지는 연회색과 연핑크가 조화롭게 어우러졌고 천정에는 간접조명이 새어 나와 집이 은은하고 따뜻하게 느껴졌다. 집의 크기에 걸맞게 소파도 큼직했고 그 왼편으로 암체어가 두 개 놓여있었다. 그 사이에는 잎

사귀가 늘어지게 자라는 대형 화분이 놓여있었다. 군데군데 서진의 여성스럽고 아기자기한 취향이 엿보였다. 향초와 촛대 옆에는 모양과 크기가 각기 다른 액자에 민성이의 사진이나 가족사진을 놓았다. 영옥 여사의 일가족 사진도 여러 개 있었다. 지적인 분위기에 풍채 좋은 서진의 아버지, 왜소하지만 온화한 영옥 여사, 서글서글한 인상에 마른 체구의 서진의 오빠, 해맑게 웃고 있는 초등학생 서진이 있었다. 서진의 환한 얼굴에 떠 있는 보조개는 오랫동안 나의 시선을 사로잡았다. 예쁘다. 한 끗의 티 없이 예쁘다. 온 가족의 사랑은 서진의 보조개로 다 흘러 들어가는 것만 같았다. 단발머리의 여고 시절 서진의 사진도 있었다. 푸근한 인상의 남편과 다정하게 찍은 결혼식 사진도 보았다. 민성이의 100일 사진, 돌 사진, 생일파티 사진 속에 빠짐없이 웃고 있는 서진을 보았다. 따뜻하고 다정한 가족의 한가운데 있는 서진을 하나하나 응시했다. 나와 이 여자는 왜 이렇게 달라야 하는 것일까.

"차 들어요."

영옥 여사가 부르는 소리에 숨을 한번 고르고 부엌 식탁으로 갔다. 부엌은 조리공간과 분리된 다이닝 공간이 제법 넓게 마련되어 있었다. 나무의 무게감과 질감이 느껴지는 6인용 테이블의 중앙에 모던한 분위기를 자아내는 펜던트 조명이 내려졌다. 내가 들고 온 참외 외에 자두와 포도가 큰 접시에 보기 좋게 담겨있고, 통나무 트레이에 크래커와 치즈가 곁들여졌다. 아름답고 풍성한 티테이블이다. 축축한 검은 봉지에 실려 온 불규칙한 모양의 B급 참외가 부끄러워지는 순간에 영옥 여사가 입을 뗐다.

"주영 씨, 참외 너무 달아. 내가 좋아하는 과일인데. 신랑이고 애들이고 다 싫어해서 사다 먹은 지가 언제인지 몰라. 고마워."

해맑은 표정으로 참외를 여러 번 찍어 드시며 말씀하신다. 경직된 마음이 슬그머니 풀어진다. 영옥 여사는 어딘가 나를 무방비 상태로 만들어 버리는 힘이 있다. 나의 아픈 모서리가 그만 스르르 녹아나게 하는 힘. 어떤 지점인지 정확이 알 수 없으나 그 경험은 처음 만날 때부터였던 것 같다.

"커피 너무 맛있어요. 민성이 할머님."

나의 존칭에 호탕하게 웃으며 영옥 씨가 말했다.

"그냥 영옥 씨라 불러줘. 민성이 할머님이라 하니까 너무 불편하지 않아? 나도 말 편하게 할게. 괜찮지. 주영 씨?"

"네... 영옥 씨?"

어색하게 한번 불러보고는 마주 보고 웃었다.

"그런데 참, 주영 씨는 전공이 뭐야?"

영옥 씨가 머리카락을 귀 뒤로 정리해 넘기며 물었다. 대학 졸업을 전제한 이와 같은 질문이 낯선 것은 아니었지만 갑작스러운 영옥 씨의 물음에 말문이 막히고 말았다. 고등학교까지 마쳤어요. 하고 답하면 아유... 그랬구나. 하고 이어지는 딱한 표정을 영옥 씨에게마저 확인하고 싶지 않았다. 그래도 대답은 해야 했다.

"저는... 고등학교를 나왔어요. 아빠가 편찮으셔서 대학을 가지 못했어요."

영옥씨는 당황하는 듯했다. 그게 더 어색해서 일부러 밝게 말을 이어나갔다.

"전공은 마사지예요. 국비로 피부미용을 배웠는데 첫 취직을 전신 마사지샵으로 했거든요. 쥐꼬리만 한 봉급에 손님들 등쌀에 힘들기도 했는데 경험이 쌓이다 보니 꽤 잘해서 저를 찾는 단골들이 많았어요. 이 손으로 먹고살았어요. 지금은 육아 때문에 이러고 있지만."

영옥 씨는 따뜻하게 미소 지으며 기특하고 대견하다고 했다. 그리고 말을 돌릴 참으로 이어 물었다.

"그런데 지후 아빠는 일찍 퇴근하는 편이야? 집안일 많이 도와줘?"

"아... 네. 저 실은 이혼했어요."

"저런. 내가 연이어 실수를 했네."

잠시의 침묵을 뒤로하고 나의 이야기를 열었다. 지후가 태어나기 전부터 전남편이 바람을 피웠던 이야기. 제 잘못을 인정하지 않고 따져 묻는 나에게 오히려 손찌검을 일삼았던 이야기. 가정이고 뭐고 이건 아니다 싶어서 헤어지기로 마음먹었던 순간들. 내가 살면서 그만큼 불행했으면 됐지 결혼해서 배우자까지 나를 그렇게 만든다고 생각하니 견딜 수가 없었다는 이야기까지. 어릴 때야 그저 눈 뜨고 당하고 말았지만 이제 내 인생 내 것이라는 생각이 든다고 말했다. 다행히 시골에서 농사짓는 시부모님이 아들 잘 못 키웠다고 미안해하시면서 매달 생활비를 조금씩 보내신다는 이야기까지 털어놓았다. 나도 연로하신 분들께 언제까지 도움을 받을 수도 없으니까 내일을 다시 시작할 것이라는 말을 마지막으로 했다. 더 이상 할 말이 없어 시선을 포크에 두고 과일을 뒤적이고 있으니 영옥 씨가 내 눈을 가만히 응시했다. 나는 고개를 들어 영옥 여사를 바라보았다. 여사의 눈이 차올랐다가 가라앉으며 부드럽게 침묵을 깼다.

"알 것 같아... 주영 씨."

그녀의 눈을 바라보았다. 영옥 여사는 내 시선을 피해 창밖으로 고개를 돌린 채 중얼거렸다.

"고생했네. 고생했다. 잘했어."

우리는 그 뒤로 한참을 고요 속에 머물렀다. 편안한 침묵이 얼마나 흘렀을까. 영옥 여사가 해사한 얼굴로 말했다.

"다음엔 점심 만들어줄게. 괜찮지?"

"아, 너무 감사하죠."

서진 2.

　　　　　　　　　민성이가 입원한 날, 아이를 안고 병실의 좁은 침상에서 새우잠을 잤다. 다음 날 아침에 병원에 오신 엄마와 교대한 후 학교에 출근했다. 교실 문 너머로 아이들을 마주하기 직전이다. 2학년 3반의 미닫이문을 부여잡은 손에 힘을 주면서 깊은 호흡을 시작한다. 사유를 들춰내기 어려운 결석은 없는지, 지난밤의 어떤 사건으로 성난 사자가 되어 등교한 아이는 없는지, 만성이 된 무기력한 얼굴로 나를 맞이하지는 않을지, 온갖 걱정과 두려움 속에서 간신히 교단에 지탱하고 서 있는 나를 간파하고 조롱이나 야유를 보내지는 않을지. 내가 상처받을 수 있는 다양한 경우의 수를 열어두고 나는 최대한 태연한 척 연기를 해야 했기 때문이다. 언젠가부터 교단은 나에게 무대였고 나는 가르치고 소통하는 사람이기 이전에 연기자가 되어야 했다. 깊이 들이쉬고 천천히 내뱉는다. 다시 들이쉬고 내뱉는다. 손아귀에 힘을 주고 문을 옆으로 밀어 연다. 드르륵-. 아이들의 소란과 활기를 단칼에 끊어 내는 소리. 생명력이 멈칫하는 순간처럼 느껴지는 이때, 나는 외려 눈에 힘을 주고 허리를 꼿꼿이 펴고 걷는다. 교탁 앞에 당도하고 시선은 교탁 끝을 벗어나지 않는다. 머리칼을 귀 뒤로 넘겨 정리하며 입을 뗀다.

"좋은 아침입니다."

나는 늘 교사로서 존댓말을 쓴다. 나와 스무 살의 나이 차이가 나는 중학생이지만 아이들을 존중하고 싶었고 존중받고 싶었다. 그런 마음으로 교사가 된 이후 줄곧 존댓말을 써왔는데 실은 존댓말을 방패로 내세우고 나약한 자신을 숨기고 있었다. 그것은 나의 영역을 침해당하고 싶지 않은 비겁한 자기방어에 불과한 것이었다.

"여러분, 좋은 아침입니다."

나의 무미건조한 인사 뒤에 자동으로 반장의 인사가 뒤따라와야 하는데 두 번의 침묵이 흘렀다.

"반장?"

이어지는 반장의 인사말 대신 작은 웅성거림이 커지고 있다. 곧이어 몇몇이 반장이 학교에 오지 않았다고 이야기한다. 그제야 고개를 들어 교실을 둘러보았다. 이가 빠진 듯이 까맣게 한 자리가 비어있다. 반장의 자리. 아이가 왜 학교에 오지 않았을까? 내 머릿속도 까맣게 타들어 간다.

"반장이 몸이 아픈가 보네요."

아이들의 웅성거리는 소리를 태연하게 잘라내며 조례를 마무리하고 교실 문을 나왔다. 다시 심호흡을 한다. 교무실로 돌아와 반장에게 전화를 걸었다. 신호음이 길게 늘어진다. 반장의 어머니에게 전화를 걸었다. 역시나 신호음이 길다. 예감이 좋지 않다. 불안감이 증폭되며 심장이 제멋대로 뛰고 온몸에 쥐가 난다.

엄마는 늘 나를 달래듯 말했다.

"서진아, 가르친다는 말이 어디서 온줄 알아? 밭을 갈다. 할 때의 '갈다'와 양을 치다. 할 때의 '치다'. 두 뜻을 더한 것이란다. 얼마나 숭고한 일이니? 엄마는 네게 딱 맞는 일이라고 생각해."

입이 툭 내밀고 들은 체 만 체 하는 나를 집요하게 붙들고 행하는 엄마의 레퍼토리다. 그래, 아름답고 의미 있는 일이다. 그 좋은 의미와는 별개로 나는 다른 영역의 밭을 갈고자 욕망했다. 내가 의미를 두는 일에 어째서 허락이 필요한 걸까.

"여자도 확실한 직업을 가져야 해. 우리 딸은 교사가 되는 게 좋겠어. 정시에 퇴근하고, 제때 방학 있지, 퇴직 후에 연금 있지, 사회적인 명성 있지. 여자는 말이야. 교사가 딱이야. 서진아. 예술 그거? 교사가 된 후에 취미로 해도 늦지 않아."

엄마가 간절히 원하고 자신 있게 권하던 그 숭고한 일 앞에서 나는 겁먹은 강아지처럼 매일 떨고 있다. 언젠가부터 학교는 내게 매우 괴로운 곳이 되었다. 교사가 된 후에 얼마든지 할 수 있다는 예술은 내게서 진즉에 멀어졌다. 살아서 반짝이던 내 소망은 알아볼 수 없을 만큼 마모되었다.

"최서진 선생님!"

상념에 빠져 멍하게 앉아있는데 누군가가 다급하게 나를 불렀다. 동료 교사가 곁에 와서 속삭이며 교무실 문 쪽으로 눈짓을 했다. 경찰관과 사무원으로 보이는 사람들이 나를 찾아왔다. 겨드랑이에서 팔뚝을 타고 땀 줄기가 주르르 흘렀다.

"2학년 3반 최서진 선생님 되시죠?"

"네."

"유현아 학생 담임 맞으시죠?"

"네, 그런데요."

"유현아 학생이 오늘 새벽 자해를 시도했습니다. 부모님이 최 선생님을 경찰에 신고했습니다."

"네?"

"조사에 협조해주시기 바랍니다."

"아이는요? 무사한가요?"

"응급실에 옮겨졌고 지금은 휴식을 취하고 있습니다."

삼복더위 속에 온몸은 그 자리에서 그대로 얼어버렸다. 경찰관 두 명과 시청에서 나온 사회복지사와 함께 오랜 시간 조사를 받았다. 어떤 말을 주고받았는지 잘 기억나지 않는다. 어제까지 이 자리, 내 앞에 서서 면담을 요청했던 아이가 오늘 새벽에 자신의 손목을 그었단다. 아이를 발견한 부모가 응급실로 아이를 옮기고 책상 위에 선생님이 면담에 응하지 않았다는 일기를 보고 경찰에 신고를 했다고 한다. 피부 조직과 혈관이 찢어지는 아픔을 무릅쓰고 피를 쏟았던 아이가 누워있는 병상으로 어떻게 달려갔는지 모르겠다. 복도 구석에서 푸석한 얼굴로 앉아있는 반장의 엄마를 보았다.

"현아 어머니."

떨리는 목소리로 반장 엄마 앞에 섰다. 아이의 어머니는 천천히 고개를 들어 나를 바라보더니 순식간에 일어서서 내 앞에 섰다. 목이 메여 마른 침을 삼키려는데 갑자기 희번득한 얼굴을 내 눈앞까지

들이밀면서 양쪽 어깨를 붙잡고 흔들었다.

"애가 이렇게 되도록 그냥 뒀어?"

아이 엄마가 자신의 체중을 실어 내 몸을 마구 흔들어댔다. 자빠지지 않기 위해 발바닥에 힘을 단단히 주고 버텨야 했다.

"네가 교사야? 이런데도 교사야?"

아이 엄마가 오른팔을 들어 후려갈기려는 태세를 하는데 반장의 언니가 나와서 제 엄마를 붙잡고 말렸다.

"엄마, 미쳤어?"

아이 아버지가 병실에서 나와 아내를 부축하며 내게 눈도 맞추지 않고 손을 휘휘 내저으며 오늘은 이만 돌아가라고 했다. 기가 질려 아무런 말도 할 수 없었다. 후들거리는 다리에 겨우 힘을 주고 걸으며 병동 앞 벤치를 찾아 앉았다. 반장 어머니의 살기 어리던 눈빛을 떠올렸다. 아이 아버지가 불결한 것을 본 듯한 얼굴로 팔을 내저으며 쫓아내던 장면을 떠올렸다. 반장이 걱정되었고 아이의 얼굴을 보고 싶었을 뿐인데 그것조차 허용되지 않았다. 무슨 일이 벌어진 걸까. 어젯밤 열이 올랐다 떨어지기를 반복하는 아들 곁을 지킬 때, 반장 아이는 혼자 어떤 생각들을 감당하고 있었을까. 어떤 생각이기에 자신의 생을 던져서 감당하려고 했던 것일까. 어제 그 시각 그 아이가 면담을 요청했을 순간에 그 아이의 이야기를 들어줬더라면 이런 일이 벌어지지 않았을까. 좀 더 면밀하게 아이들을 관찰하고 그사이에 흐르는 기류를 파악했더라면 결과는 달라졌을까. 그러나 억울하다. 아이가 생을 등지려 했던 것이 단 한 번 면담을 거절한 것이 이유가 되었을까. 집, 학교 어디에도 마음과 열정을 두지 못한 것은 사실이지만 나는 결코 불량한 교사, 근무 태만한 교사가 아니다. 반 아이들과 동료 교사들은 나를 향해 얼마나 손가락질해 댈까. 아무리 생각해도 억울하다.

주영 3.

똑똑- 똑똑-.

오후 5시경, 여름의 허공을 빽빽하
게 메우듯 울어대는 매미 소리 사이로 현관을 노크하는 소리가 들렸
다. 조심스럽고 분명한 울림이다. 현관문 구멍으로 내다보니 영옥
여사의 딸 서진이 초조한 얼굴로 민성이 손을 잡고 서 있다. 오른쪽
두 번째 손톱을 물어뜯으며 얼굴만 내밀 정도로 겨우 문을 열었다.

"저, 갑작스레 찾아와서 죄송합니다."

"네. 무슨 일이시죠?"

"엄마와 연락이 안 돼서요."

이 여자도 분명 며칠째 잠을 설쳤다. 나와 같이 밤을 하얗게 지새
우고 거실을 수십 번 왔다 갔다 서성이며 열두 번도 더 머리칼을 쓸
어 넘겼을 테지. 안 된 마음에 문을 조금 더 열었더니 엄마 다리 뒤
에 선 민성이가 빼꼼히 아는 체를 한다.

"이모 안녕."

그 바람에 서진을 향해 닫힌 마음이 활짝 열리며 문을 열었다.

"응, 민성아. 지후랑 놀래? 저기, 잠깐 들어오세요. 지후도 막 낮잠
에서 깼어요."

"네... 실례 좀 하겠습니다."

차가운 깍듯함이다. 배시시 웃으며 귀 뒤로 머리칼을 정리해 넘기는 버릇이 영옥 여사와 닮았다. 엷은 웃음과 함께 잠깐 잡혔다 사라지는 서진의 보조개를 놓치지 않았다. 최서진. 영옥 씨를 통해 서진에 대해 이야기를 들은 바 있다. 내 질투 어린 짐작이 보태어져 이 여자에 대해 나는 대체로 잘 안다고 할 수 있다. 나보다 두 살 아래, 화목한 가정에서 티 없이 자랐고 준수한 외모에 공부도 곧잘 해서 누구에게나 호감을 사며 살았던 여자. 교사라는 남부럽지 않은 직업을 가졌고 대기업에 다니는 집안이 좋은 남편을 얻었다. 친정엄마와 같은 아파트에 살면서 육아에 있어 적극적인 도움을 받았던 여자. 덕분에 출산 6개월 만에 다시 학교로 돌아가 커리어를 쌓을 수 있었던 여자. 이 여자를 앞에 두자 나는 말로 다 할 수 없는 미묘한 분노가 일고 있음을 느낀다. 같은 땅에서 동시대에 같은 여성으로 태어나 이리도 다른 삶을 살 수도 있구나. 빠짐없이 타고나서 누리며 사는 여자가 내 눈앞에 있다. 핑크색 면 티셔츠와 단정한 흰색 반바지를 입었다. 브라운 컬러의 심플한 가죽 샌들 아래로 빨간 페디큐어로 화사하게 반짝이는 발가락에 시선이 간다. 곧이어 우둘투둘 울고 드문드문 벗겨진 나의 매니큐어 칠이 눈에 들어오고 대충 껴입은 낡은 냉장고 바지와 목이 다 늘어난 내 티셔츠가 의식된다. 들어오라고 내뱉어놓고 한구석도 빼놓지 않고 어질러진 이 집안이 차례차례 눈에 들어온다. 안방에서 쓰던 이불 가지가 지후의 장난감과 뒤섞여 거실에 뒹굴고 있고 싱크대에 설거짓거리가 쌓여 날파리가 맴돌고 있었다. 욕실 바닥에 뱀처럼 널브러진 샤워기와 어질러진 목욕용품, 청결하지 못한 변기의 상태가 떠올랐지만 이미 늦었다. 흐트러진 나의 모든 것을 서진이라는 여자에게 다 들켜버린 것 같아 얼굴이 확 달아올랐다.

"집이 어지럽습니다."

내뱉고 나면 더 구차해진다.

"아닙니다. 제가 죄송하지요."

"민성아."

지후가 활짝 웃으며 방에서 나와 민성이를 먼저 반긴다. 두 아이가 놀 수 있도록 놀이방의 문을 열어주고 냉장고에서 차가운 주스를 꺼낸다. 손님에게 대접할 변변찮은 컵 하나 없는 찬장에 잠깐 넋을 놓고 서 있다가 낡은 유리컵을 하나 찾아 주스를 부어 서진 앞에 낸다. 서둘러 내느라 유리컵의 무수한 물 자국들은 미처 체크하지 못했다. 서진이 못 본 것인지 알아챘는데도 모른 척하는 것인지 주스를 한 모금 들이키고 다시 입을 뗐다.

"저희 엄마랑 연락이 닿으시나요?"

"아니요."

나도 모르게 거짓말을 하고 있다. 영옥 여사의 편지에 관해 말하고 싶지 않았다.

"그렇군요."

침묵과 정적으로 어색한 기운이 팽팽해졌다. 서진과 대면하여 이야기를 나누는 것은 처음이다. 간혹 산책로에서 마주칠 때면 간단히 눈인사만 나누곤 했다.

"영옥 씨가 여태 연락이 없으신가요?"

서진은 말없이 고개를 끄덕였다.

"주영 씨가 엄마와 각별히 지내신다는 것을 생각해냈고, 망설이다 이렇게 누를 무릅쓰고 찾아왔습니다."

"네..."

영옥 씨는 왜 서진에게 연락을 하지 않으실까? 의문점과는 별개로 서진을 향한 냉랭한 마음이 가시지 않는다.

"그동안 정말 감사했어요. 엄마가 늘 주영 씨 칭찬을 하시고 의지도 많이 하셨는데. 이런 일로 찾아와서 인사드리게 되네요."

서진은 피로해 보였다. 얼굴에 진 그늘이 두려움에 가까워 보이기도 했다. 이 여자는 무엇이 두려운 걸까. 엄마의 부재가? 엄마의 부재를 겪는 자신이? 서진이 고작 이 정도의 떠남으로 그런 표정을 지으면 안 된다고 생각한다. 너는 서른다섯에 처음으로 엄마의 부재를 겪었구나. 나는 12살에 생이별을 겪었는데 그사이에는 자그마치 23년의 격차가 난다. 23년... 피식. 웃음이 터지려는 찰나를 간신히 주워 담았다. 버려진 뒤 어린 내게 남겨진 비루하고 비참한 것들에 대해 이 여자는 상상이나 할 수 있으려나.

"어디 짐작 가는 곳이 없으신가요? 친척 집이라든지..."

"네... 엄마에게 친척은 없습니다. 엄마 집에 트렁크도 없고. 여행을 떠나신 것 같아요. 그래도 너무 갑작스러워서..."

무슨 말을 해야 할지 모르겠다. 나는 이 여자를 위로할 처지가 못

된다. 이 여자만큼이나 영옥 여사의 갑작스러운 행보가 감당하기 힘들게 밀려와 발붙이고 서 있을 수 없을 지경이니까.

"저, 잘 마셨고 감사했습니다."

서진이 어색한 침묵을 깨고 자리에서 일어났다. 두 아이가 기차놀이에 흠뻑 빠져 잘 놀고 있었지만 서진에게 더 앉아 있다가 가라고 말하지 않았다. 의도치 않게 내뱉은 거짓말은 상당한 긴장감을 초래했다. 피로감이 밀려온다. 서진은 놀이에 집중하고 있던 두 아이를 떨어뜨려 놓으려고 진땀을 뺐고 결국 민성이는 울면서 서진에게 안겨 나갔다.

영옥 씨,

잘 지내고 계신다니 다행입니다. 갑작스러운 이별 문자를 받고 어찌나 걱정을 했던지요. 잠을 다 설쳤습니다. 따님이 걱정을 많이 하셔서 저희 집에 찾아왔더라고요. 지후는 민성이를 만나러 가자고 어린이집을 마칠 때마다 떼를 씁니다. 녀석들, 매일 집을 오가고 놀이터에서 회동을 하다가 발길이 뚝 끊기니 많이 섭섭한가 봅니다. 영옥 씨, 자주 통증을 호소하시던 어깨라도 시원하게 좀 만져드리지 못해 죄송스럽습니다. 언제까지 그곳에 계시나요? 당장에라도 전화 통화를 하며 질문을 쏟아내고 싶습니다. 전화기를 여전히 꺼 두셔서 답답합니다. 그럼 답변 기다리겠습니다.

주영 올림

40

모서리가 다 닳아서 둥글게 말린 낡은 스프링 노트에다가 연습 삼아 편지를 끼적거린다. 전하고 싶은 말은 단순하다. 왜 떠나셨는지. 언제 돌아오실 예정이신지. 지금 이 심정으로는 영옥 여사에게서 온 편지에 대응하여 실어 보낼 낭만이라고는 남아있지 않았다. 문구점에서 사 둔 편지지에 또박또박 옮겨 적고 잘 접어 봉투에 넣었다. 봉투의 입구에 풀칠을 하고 단단히 봉해 두었다. 날이 밝자마자 편지를 부치러 갈 생각이다.

주영에게.

첫날 제주에 도착해서는 숙소 근처에 보말 칼국수 집에서 늦은 저녁을 해결했어. 조그만 보말이 이렇게나 온몸에 기운을 돌게 하는 것인 줄은 몰랐네. 뜨끈하게 한 그릇 하고 나니, 으슬으슬 올까 말까 하던 몸살 기가 싹 달아났구나. 첫 끼니부터 성공적이라 얼마나 기분이 좋았던지. 식사를 마치고 돌아가는 길에 작은 슈퍼에서 제주산 막걸리를 한 병 샀어. 숙소에 있는 하얀 밥공기에다 부어서 향을 들이키고 입을 대어 봤단다. 기분만 취한 상태로 침대에 기대어 박완서의 『나목』을 읽었어. 그리고 몇 장 채 넘기지 못하고 까무룩 잠이 들었지 뭐야.

다음 날 아침은 캡슐커피 한잔으로 때우고 본격적인 장을 보러 나갔지. 렌터카를 몰고 재래시장으로 향했어. 여기는 작은 마을이라 어디든 이동하려면 30분은 걸리더구나. 시장에 도착해 쌀도 사고, 갓 담근 김치도 한 봉지 사고, 칼같이 서늘한 갈치를 한 마리 샀어. 제법 씨알이 굵은 것이 어찌나 싱싱한지 바다가 살찌운 이놈의 자태가 놀라울 지경이야.

조개와 홍합도 넉넉히 샀어. 냉동실에 넣어두고 국이나 찌개도 끓이고 나물을 볶을 때 두고두고 두루 쓸 것 같아서. 싱싱한 상추도 사고 장 담그는 집에서 쌈장과 된장도 샀다. 나이 들면 상추에 밥만 싸 먹어도 얼마나 맛있는지. 여름인데 귤이 나오길래 돈은 조금 쳐줬지만 한 바구니 들고 왔어. 제주에 왔으니 하우스 귤이라도 까먹어봐야겠지. 온전히 나 먹고 즐기자고 장을 보고 음식을 해본 것은 육십 평생 처음이네.

집에 돌아와 장거리를 정리해 넣고 하얀 쌀밥을 해다가 갈치를 구워 점심을 먹었다. 달고 맛있는 점심이었어. 해가 질 때까지 책을 좀 더 읽다가 낮잠을 잤지. 아름다운 제주라도 한낮엔 너무 무더우니까 잠시 쉬어 줘야 해. 얼마나 잤을까. 달콤한 낮잠에서 일어나 옥상의 빨래를 걷어 두고 산책하러 나가. 마을 골목을 천천히 누리고, 해변에 닿으면 신발을 벗어들고 발바닥으로 모래를 느낀다. 그리고 바다와 마주해. 여기 온 지 며칠이 지났지만 바다는 계속 보아도 좋아. 밀려오고 쓸려가는 수없는 반복이 하나도 지겹지 않은 것은 매번 다른 모양으로 흩어지고 만나기 때문이겠지? 한참을 그렇게 바다를 느끼다가 어스름해질 무렵 다시 발길을 돌린다. 오늘 저녁은 해안가의 횟집에서 회를 떠다가 소주를 곁들일까 해. 입만 대고 말겠지만 해산물에는 소주만 한 게 또 없지.

주영아, 지후와 민성이 모두 그립구나.

8월 1일
from. 윤영옥

서진 3.

　　　　　　　　　　유난히 길고 깊은 여름이다. 닥치
는 대로 집어삼켜서 녹여낼 것 같은 여름이다. 그 입속에 걸려든 대
상이 나라면 기꺼이 녹아내리고 싶은 여름이다. 엄마의 손길을 타지
않은 집안은 엉망진창이 되어갔다. 한 사람분의 수고가 다수의 삶
을 지탱시키고 있었다. 그것이 빠진 빈자리만큼 나의 무능과 무기력
은 여실히 드러난다. 엄마의 열심은 나의 무능을 키웠다. 아무것도
할 줄 모르겠고 하고 싶은 마음도 들지 않는다. 동네 반찬가게에서
민성이 반찬을 사다 먹이고 내 몫은 거의 챙기지 않았다. 어쩌다 겨
우 도시락을 사다 먹더라도 하나를 온전히 다 비우지 못했다. 없는
입맛에 꾸역꾸역 음식물을 씹어 삼키면서 이렇게 생을 연명하는구
나... 라는 생각에 미치면 저절로 젓가락이 놓였다. 반장 아이의 손
목 언저리를 생각하면 더욱 그랬다.
　"이거 이대로 둘 거야?"
　퇴근한 남편이 베란다에 쌓인 재활용 거리들을 보고 이맛살을 찌
푸리며 한마디 했다. 남편은 그동안 집을 둘러보며 들으란 듯이 한
숨을 쉬며 혀를 차곤 했다. 그때마다 듣지 못한 척, 보지 못 한 척
삭이고 말았다. 내 상황을 말하거나 다툴 기운조차 남아있지 않았

기 때문이다. 급기야 쾅 소리 나게 문을 닫고 안방으로 들어가 버린다. 거슬리는 것이 있다면 제 손으로 집어 정리할 생각은 하지 못하는 것일까. 이 집은 꼭 자신 아닌 누군가의 희생으로 유지되어야 마땅한가. 그 누군가가 여태 늙은 장모였다는 사실을 인지하지 못하는 걸까. 장모의 부재 속에 희생의 다음 대상자는 당연하게 내가 되어야 한다는 말인가. 비겁한 남자.

엄마의 뜻에 따라 교사가 되었지만 가르치는 일에 매료되었던 순간들이 내게도 있었다. 세상과 사물에 대한 깨달음에 전율하고, 지성의 힘에 도취되었던 순간들. 선생과 학생이기 이전에 사람과 사람 간의 소통과 교감의 순간들이 우선일 때였다. 가르침과 배움은 우리에게 놀이이자 소통이었다. 수십 개의 반짝이는 눈망울들이 온전히 내게로 꽂히면 내 안에 뜨거운 사명감이 활화산의 용암처럼 흘러넘칠 때가 있었다. 하루를 마감하고 잠자리에 누우면 까만 천정이 온통 아이들의 얼굴과 이름으로 빼곡히 채워졌다. 아이들 저마다의 아픈 구석, 사소하고 귀여운 고민, 작은 것도 놓치지 않고 감동하는 아이들, 작은 일로도 배 아프게 웃는 무구한 것들의 순간들로 잠을 이루지 못했다. 그때의 나는 연애 초기 같은 설렘으로 내내 앓았다.

첫사랑처럼 앓았던 신임교사 시절이 지나갈 때쯤 엄마가 선 자리를 마련했다. 집안, 외모, 직업, 어디 하나 빠질 것 없는 남자였다. 나쁘지 않았다. 그 남자와 짧은 연애 끝에 결혼을 했고 곧바로 아기가 생겼다. 입덧으로 고생을 하긴 했지만 무난한 결혼생활과 학교생활이 이어졌다. 엄마는 손주를 만날 생각에 하나부터 열까지 세심하게 준비하느라 분주했다. 속싸개, 배냇저고리와 이불을 준비해다가 미리 삶아 세탁해 두었다. 건어물 가게에다 최상급의 산모용 미역을 주문해 두고 나의 산모복과 수유복이며 아기 띠, 바운서, 신생아 모빌 등 아기용품을 혼자 다 준비해 두셨다. 만삭까지 학교에 근무했기 때문에 엄마가 혼자 준비하시는 것을 그저 감사하게 생각하며 두고 볼 수밖에 없었다. 또 아기를 위한 준비로 분주할 때의 엄마는 생기가 돌고 신이 나 보이는 것 같았다. 차오른 배를 반 아이들이 한 명씩 쓰다듬으며 축복을 쏟아 주었다. 학생들과 눈물의 작별 인사를 하고 휴직에 들어갔고 보름 후 민성이가 태어났다. 태교를 잘해서 건강히 낳으면 큰 산은 넘을 것이라 생각했는데 그것은 시작이었다. 엄마는 내 곁에서 열과 성을 다해 아기를 돌봤다. 밤도 낮도 없이 젖을 내고 물리는 일 외에는 모두 엄마가 능숙하게 대처했다. 그리고 나는 자연스레 엄마의 뒷전에 서는 일이 많아졌다. 초점 없이 신묘한 눈빛으로 일관하던 아기가 눈을 맞추고 반응을 하기 시작했다. 안아보기 애처로울 만큼 작은 몸뚱어리에 통통하게 살이 차올랐다. 천장만 보고 누웠던 아기가 허리에 힘을 쓰고 뒤집기를 시작했다. 뒤집기와 되 뒤집기를 하던 아기가 차오른 팔다리의 힘을 시험하듯 배밀이를 하기 시작했다. 하루가 다르게 크는 아이를 지켜보는 것은 생애 처음 맛보는 기쁨이었다. 아이에게 젖을 물리고 있는 내 곁에 바짝 붙어 앉아 아기를 바라보던 엄마에게 무심코 말했다.

"엄마, 아이 키우는 일이 이렇게 힘든 일인지 몰랐어. 그리고 이렇게나 행복한 일인지 몰랐어. 모성이란 게 너무 대단한 것 같아. 한 3년 휴직하고 아이만 키울까?"

"3년?"

엄마는 당황하고 있었다. 내가 뱉은 그 말 이후로 엄마는 잊을 만하면 나의 정체성을 들추어냈다.

"서진아, 몸 좀 풀리면 일찍 복직하는 것이 어떠니."

"얘. 너는 너의 사명이 있지 않니."

"내가 이렇게 건재한데 너는 사회로 돌아가야지."

"애 키우고 살림하는 게 전부가 되면 여자는 곧바로 죽음이야. 고인 물이 썩는다는 것 알지?"

"너는 엄마처럼 살지 마라."

엄마가 채근할 때마다 나의 불안감도 자라났다. 3년을 꽉 채워 육아휴직을 하고 돌아온 동료 선생님들이 힘들어하는 경우를 흔하게 보아왔다. 그들은 새로운 업무환경을 파악하느라, 그사이 더욱 벌어진 아이들과의 세대 차이에 적응하느라 몸과 마음이 바빴다. 나는 든든한 엄마가 저렇게 계시니까 나의 소속을 찾아서 나가도 되겠다는 생각을 했다. 출산 6개월 만이었다.

복귀를 하면서 기능고등학교에 배정을 받았다. 고등학생을 가르친 경험이 없었지만 그전에 내가 쏟은 열정과 성심대로만 하면 못할 것도 없다고 생각했다. 그러나 그것은 오산이었다. 이곳은 말 그대로 정글이었다. 한 반에 복학생만 대여섯이 되었고 가난과 무관심,

여러 종류의 폭력에 노출된 아이들이 상당했다. 아이들의 대부분은 밀렵꾼의 덫에 상처를 입은 야수처럼 세상을 향해 분노를 머금고 있었다. 그렇지 않다면 만성이 된 무기력으로 배움에 대한 동기와 삶에 대한 의욕마저 꺾인 아이들이 대부분이었다. 힘이 센 아이들은 약한 아이들을 지배하고 약탈했다. 몇몇 아이들의 광기 앞에서 남자 교사들조차 몸을 사릴 정도였다. 나는 매일이 두려웠다. 성인처럼 몸은 다 자라고 정신은 아직 미성숙한 고등학생을 다룬 경험이 전무했고 밤마다 수시로 깨는 아기를 돌보느라 수면 부족과 출산 후 제자리를 잡지 못한 호르몬 때문에 체력적인 한계를 안고 있는 상황이었다. 여러 가지 악조건 속에서 아이들을 돕고 싶었지만 방법을 알지 못했다. 무엇보다 그 전에 내가 가치를 두었던 가르침과 배움의 기쁨, 인간적인 소통 따위보다 하루하루 나의 안위를 지키기에 급급했다. 퇴근 후에 집에 돌아오면 깨질 듯이 여린 생명을 안고 강한 모성을 품었고 아침이 되어 교단에 서면 나의 안전을 위협하는 야수들 앞에 바들바들 떨며 털을 곧추세운 초식동물이 되었다. 아이들은 두려움에 떠는 나를 정확하게 간파하고 있었다. 그렇지만 나는 교사였다. 두려움 속에서도 그냥 보아 넘어갈 수 없는 순간들이 분명히 있었다. 같은 반 친구를 구석에 몰아세우고 돈을 갈취하는 복학생의 현장을 발견했다.

"거기! 그만. 그만둬."

바다가 갈라지듯 아이들이 비켜섰다. 피해자는 그 틈을 타 무리 안으로 금세 숨어들었고 모든 이목은 나와 복학생에게 꽂혔다. 그것은 결정적인 실수였다. 그 세계의 맹수에게 가장 중요한 자존심을 건든 셈이다. 그러나 엎질러진 물을 쓸어 담을 수는 없었다.

"약자 앞에서 강한 게 진짜 강한 거라고 생각하니?"

피식. 복학생은 웃음을 터트리더니 교실 바닥에 탁. 하고 침을 뱉었다. 그리고 슬금슬금 내게 다가오더니 내 멱살을 잡고 순식간에 교실 끝까지 내몰았다. 아이보다 15cm는 작은 내 몸이 눈 깜짝할 사이에 교실 뒷벽에 몰아 세워졌다. 학생들 중 누구도 우리를 말리지 않았고 구경꾼들은 이 반 저 반에서 모여들어 계속 불어났다. 복학생은 나를 밀치고 위에서 찍어 누르며 으르렁거렸다.

"씨발. 죽고 싶냐?"

불이 튀기는 듯한 맹수의 눈빛을 아직도 잊을 수 없다. 꿈에서도 나타나 내 심장을 도려낼 것 같은 눈빛. 일그러진 입술 아래 드러난 날카로운 이빨 사이로 새어 나오던 비릿한 화기. 내 셔츠를 양쪽으로 단단히 감아쥐고 쇄골을 누르던 손아귀의 힘. 아이의 분노와 절망, 파괴력 앞에 나는 숨을 몰아쉬며 눈을 질끈 감았다. 그때 깨달았다. 세상이 그 아이에게 어떻게 약육강식을 해왔는지를. 내가 아이에게 떳떳하게 따져 물을 자격이 없었다는 것을. 뜨거운 것이 주르륵 흘러 턱 아래 차갑게 고였다. 수업 종이 울렸다. 복학생은 스르르 멱살을 풀고 가방을 둘러메고 학교를 나갔다. 더 이상의 위해는 없었지만 거기서부터 나의 교사 인생이 눈을 감게 된 것이리라. 내게서 가르친다는 것의 의미가 빛을 잃었다. 내 블라우스의 단추가 두어 개 떨어져 나갔고 쇄골에 검붉은 상흔이 남았다. 그날로 나는 스카프를 둘러맸다.

"스카프다. 스카프."

내가 지나갈 때마다 아이들은 수군거렸다. 나는 교내에서 공공연하게 스카프라고 불리고 있었다. 멍 자국이 가라앉고 더 이상 스카프를 매지 않았지만 수군거림은 시들해질 기미가 보이지 않았다.

"일 년도 채우지 않고 중학교로 다시 내려가는 이유가 뭐니?"

엄마는 석연치 않은 표정으로 재차 이유를 물었지만 자세한 대답은 피했다. 다만 중학생을 가르치는 것이 내게 더 맞는 것 같다고 둘러댔을 뿐이다. 나는 여전히 학교가 두렵다. 그리고 그 이후로 소통의 기쁨 따위를 누려보지 못했다. 하루하루 불안하고 불편한 마음으로 교단에 섰고 아이들에게 따뜻한 시선을 주는 대신 허공을 대강 살피거나 시선이 교탁 안에서 벗어나지 않았다. 이런 나의 폐쇄적인 행태가 방치하는 교사로 낙인찍히게 할 걸까. 교사가 되지 않았다면, 자유롭게 그림을 그리며 살았더라면 나는 어땠을까. 이름 없는 화가로서 엄마가 원하는 맞선 시장에 명함도 못 내밀고 생활고에 시달렸을까. 갤러리에 명함을 돌리며 근근이 작업을 이어갔을까. 생업을 위해 동네에 작은 미술학원을 차리고 아이들 그림을 봐주며 살았을까. 적어도 그날의 치욕은 경험하지 않았겠지.

주영 4.

주영아,

여름의 한가운데서 만물이 녹아내리는 중에 초록의 기세란 살기가 느껴질 정도야. 나이 들어 새삼스레 이런 것들이 발견이랍시고 참 신기한 거 있지. 해마다 올해는 유난히 덥다고들 하는데, 이번 여름 역시 비켜 나갈 것 없이 참 유난스럽다. 요 며칠 저녁마다 제주의 오름을 오르고 있어. 일찌감치 저녁을 지어 먹고 6시가 조금 넘어서 집을 나선다. 더위가 한풀 꺾인 시간이라 할 만해. 오름 아래에서부터 20여 분을 올라 정상에 자리 잡고 우두커니 앉았어. 해가 지기를 기다렸다가 하염없이 바라보고 세상이 온통 먹색으로 내려앉으면 터덜터덜 발길을 돌려 내려오곤 해. 이름이 새별오름이라는 구나. 초저녁에 외롭게 떠 있는 샛별 같다 해서 새별오름이라고 이름 붙여졌다나. 어쩜 이리 예쁜 이름을 가졌을까 하고 생각했는데, 듣고 보니 암만 생각해도 새초롬히 서글퍼지는 거 있지. 아이 둘 데리고 온 부부, 연인, 삼삼오오 친구들과 온 젊음들 사이에 오롯이 혼자 있는 나 같다고나 할까. 늙은이 주책이라고 해도 할 수 없는데, 실은 순전히 새별오름의 뜻 때문에 이곳에 오르기 시작했어.

새별오름은 제주 들판 한가운데 520m의 높이로 봉긋 솟았다는구나. 멀리서 보기엔 동그랗게 조신하게 앉아있지만 오르다 보면 크고 작은 봉우리들이 모여 이루어졌어. 오르는 길의 경사도가 만만치 않아서 이 늙은 아줌마의 숨소리가 아주 거세지는 바람에 주변을 둘러보며 눈치를 볼 정도야. 그것도 매일 오르다 보니 조금씩 좋아지고 있네. 정상에 이르면 새별오름묘라고 공동묘지가 있어. 참 희한하지? 양지바른 곳에 묘를 마련한다고 해서 제주에는 들판이나 오름 곳곳에 무덤이 많아. 나직하고 봉긋한 무덤 둘레에 사각으로 현무암을 쌓아 돌담을 둘렀는데 죽은 사람의 영혼이 드나들 수 있도록 문을 만들어 두었어. 도시에서 일평생 살았다고 이 장관이 낯설더라. 해질 녘이라면 으스스한 기분까지 느껴지구. 삶과 죽음이 맞닿아있다는 건 자명한 사실이고, 이 죽음의 흔적들이 일상에 혼재한다는 것은 아주 자연스러운 현상이란 걸 여기 와서야 받아들이고 있어. 정상에서 동쪽으로 한라산이 우뚝 솟았어. 언제 보아도 그 기세가 참 등등하다고 느끼며 언젠가 두 다리로 이 섬의 축을 오르겠다고 다짐하곤 해. 북쪽과 서쪽으로는 푸른 들판이 펼쳐져 있다. 서남쪽으로는 한림항에서 배를 타고 15분이면 들어갈 수 있는 화산섬 비양도가 보여. 오름 하나가 바다 한가운데로 날아와서 섬이 되었다고 해서 비양도라고 한단다. 너무 재미난 이름이지?

지금은 질푸른 초록이 넘실대는 가운데 풀벌레 소리에 귀를 내놓고 호강에 젖어 들지만 때론 가만히 자리 잡고 앉아서 새별오름의 사계를 상상해 보기도 해. 가을에는 억새로 뒤덮여 오름 전체가 회갈빛으로 일렁이겠지. 모든 것을 벗어버리고 단단히 웅크린 채 새로운 한 해를 준비하는, 겉치레가 황량한 겨울의 오름도 생각해 본다. 정월 대보름엔 달집태우기를 하는데, 들불을 놓아 오름 전체를 태운다고 하네. 마치 화산이

폭발하는 듯한 장관을 선보인다는구나. 비로소 봄이 되면 여리고 강한 것들이 메마른 땅을 비집고 올라오겠지. 생명이 터지는 새별오름은 생각만 해도 가슴이 벅차오른다. 이만큼이나 이 오름과 사랑에 푹 빠졌어.

7시가 조금 넘으니 해가 기울기 시작하네. 광활한 쪽빛 사이사이에 핑크빛, 베이지 빛이 들이치고 뒤섞인다. 시간이 갈수록 하늘 전체가 오렌지빛깔로 변모해 가고 있어. 하늘뿐 아니라 하늘 아래 얕게 깔린 바다도, 넘실거리던 초록의 들판도 온통 황금빛으로 물든다. 껴안고 사랑을 나누는 연인도, 강아지마냥 좋아서 날뛰는 꼬마들도, 요란스레 큼지막한 카메라의 셔터를 눌러대는 청년도, 모두 피해갈 수 없이 오렌지빛으로 물들고 있어. 하늘과 그 아래 바다와 그 아래 들판의 경계부가 선명하게 드러나기 시작했어. 하늘과 바다는 오렌지보다 붉은 선홍빛이고 부드럽게 굴곡진 들판은 검정으로 강렬한 대비를 이룬다. 해를 앞두고 선 모든 사물을 어둠의 실루엣으로 집어삼켜 버린다. 해가 졌어. 저물기 전에 환상적인 절경은 천천히 흐르는 것 같아도 소멸의 순간은 찰나더라. 해가 소멸되자 바람 한 줄기, 검정이 된 초록의 일렁임, 풀벌레 소리마저 잠시 잦아든다. 오늘 하루의 소명을 다하고 끝을 본 해를 향한 추모일까. 사람들 무리가 우르르 오름을 내려가고 그 끝자락 즈음에 나도 발길을 돌린다. 내 생이 다한다면 남은 육신은 여기에 묻혔으면 하고 과욕을 부려본다. 돌담 사이 난 문을 자유로이 오가며 새별오름에서 제주의 사계를 다 즐기도록. 아니 그보다 이 황홀한 황혼을 매일 바라볼 수 있도록. 사후에 그만한 호강이 또 있을까 싶구나.

주영아, 나의 황혼은 어떻게, 어디로, 아스라이 흘러가고 있을까. 이 물음에 대한 답을 얻기 위해 시큰거리는 무릎을 이끌고 끈적거리는 땀을 훔쳐내며 매일 이곳을 오르는지도 모르겠다. 주영아.

8월 4일

from. 윤영옥

영옥 씨가 점심 초대를 했다. 부드러운 쇠고기덮밥을 잘게 가위질하여 두 녀석 든든히 먹여 놀이방으로 보내놓고 우리의 본격적인 식사가 시작되었다. 미리 씻어 가지런히 쌓아 올린 배춧잎, 겨자잎, 케일, 청경채, 치커리, 표고버섯, 느타리버섯, 팽이버섯, 동그란 단면으로 두툼하게 썰어 낸 양파까지 갖은 야채가 접시를 채웠다. 얇게 저민 쇠고기로 켜켜이 꽃을 피워낸 접시가 나왔다. 칼국수 면이 똬리를 틀고 자리 잡았고 두툼한 손만두가 네 조각 놓인 접시도 나왔다. 휴대용 가스버너 위에 육수가 슬슬 김을 올리고 있었다. 각자의 앞접시 옆에는 간장소스, 칠리소스, 참깨소스로 세 가지의 작은 종지들이 앙증맞게 줄을 서고 있었다. 2인용 점심상이라기엔 6인용 테이블이 그득히 차도록 풍성했다. 아름답고 정갈한 상이 영옥 씨를 빼닮았다. 영옥 씨가 육수 물에 야채를 먼저 담그고 야채가 익어갈 즈음 고기를 한 점씩 넣었다. 고기의 빨간 기가 회갈색으로 변하자마자 알맞게 익은 야채와 함께 내 앞접시에 놓아주시며 말했다.

"입에 맞을까 모르겠어. 먹어봐 주영 씨."

익자마자 건져 낸 고기는 신선하고 부드러웠다. 야채와 곁들여 소

53

스를 번갈아 가며 맛보았더니 세 가지 모두 입에 꼭 맞았다. 앞접시가 비워지기가 무섭게 영옥 씨가 야들야들한 채소와 고기를 가지런히 놓아주셨다.

"너무 맛있어요. 영옥 씨도 좀 드세요."

"맛있어? 잘 먹어주니 기분이 좋다."

영옥 씨는 옆 머리카락을 연신 귀 뒤로 넘기며 방실거렸다. 고기와 야채가 동이 나고 육수가 진하고 끈끈해지자 영옥 씨는 맑은 육수를 추가해 붓고 만두와 칼국수를 넣어 끓였다.

"와. 이 국물에 칼국수라니. 정말 맛있을 것 같아요."

"그래? 많이 먹어. 내가 하는 음식은 늘 당연한 게 되어놔서. 이런 반응에 막 신이 나는 거 있지."

뭐라고 달리 할 말이 떠오르지 않았다. 시각적으로나 미각적으로도 완벽한 이 음식이 어떻게 당연한 것이 되어 버리는 걸까? 식당에서나 먹어보았지 집에서 샤부샤부를 이렇게 대접받기는 처음이다. 야채와 버섯을 가지가지로 선택하고, 깨끗하게 씻어서 비슷한 크기로 칼질을 대고 아름답게 담아내는 일. 질 좋은 고기를 사다가 접시 위에 꽃을 피워내는 작업. 여러 가지가 어우러져 깊은 맛을 내는 육수를 빼두었다가 식히고 보관 용기에 담아 냉장 보관하는 일. 마지막에 곁들일 칼국수와 만두까지 세심하게 챙기는 일. 한 끼의 식사에서 어느 것 하나 당연한 것은 없다.

"영옥 씨, 저는 내년에 슬슬 일자리를 알아볼까 해요."

"어머. 그래. 잘 생각했어. 기술이 있으니 취직하면 되겠네. 그런

귀한 기술을 묵혀두기엔 너무 아깝지. 그럼. 여자도 사회생활을 해야지."

영옥 씨는 같은 말을 여러 번 되뇌며 당신의 일처럼 기뻐했다.

"네. 먹고 살아야죠."

"밥벌이보다 중한 게 어디 있어. 귀한 일이야."

"네. 민성이는 언제까지 집에 데리고 있으실 거예요? 민성이 하루 종일 돌보시고, 요리, 청소, 빨래까지 다 하시는 게 보통 힘든 일이 아니실 텐데요."

"어휴. 그러게 내년 3월엔 유치원에 가야지. 보통 교사들은 육아휴직 일 년을 꽉 채워서 쓰고 복귀를 한다던데 얘는 6개월 만에 다시 학교로 돌아갔어."

"네... 다들 아이 키우는 것보다 일하러 나가는 게 더 좋다고 하더라구요."

무엇보다 영옥 씨의 체력이 버텨나는지 궁금하고 걱정스러웠다. 조심스레 여쭤보니 팔목도 아프고 허리도 아프고 무릎도 시리다고 하신다. 당신이 해 줄 수 있는 건 이것뿐이라고, 여태 이걸로 버티고 살았다고 말을 보태신다.

"서진 씨는 참 좋겠다. 이런 엄마가 계셔서."

"글쎄, 제게 당연한 거지 뭘."

당연하다... 그 당연한 것들이 비켜나가는 인생도 있다. 잘도 비켜 나가더라. 보글보글 끓어 끈적해진 국물의 소용돌이만 하염없이 응시하고 있었다. 영옥 씨가 목소리를 낮추고 말했다.

"내가 그 애를 일터로 내몰았어. 일하지 않고 아이만 키우는 딸을 보아 넘길 수 없었거든."

"왜요?"

훅. 하고 가스가 달아 버너가 꺼져버렸다. 영옥 씨가 잠금장치를 해제하고 다 쓴 부탄가스를 꺼냈다. 가스통 외벽에 물방울이 자잘하게 맺혔다.

"글쎄... 바깥양반이 여자가 많았어."

영옥 여사는 말에 뜸을 들이며 허공을 응시했다. 대학교수의 아내이자 우등생인 두 남매의 엄마로서 남부럽지 않게 살았을 것 같은 영옥 씨에게 아픈 사연이 있었다. 교수님의 여자들은 공교롭게 모두 전문직 여성들이었다. 영옥 씨는 남편이 만나는 사람이 바뀔 때마다 직감으로 알아차렸다. 그리고 그 여자가 어떤 사람인지 알아내고야 말았다. 멀찍이서 여자의 얼굴을 확인하고 돌아오면 그녀는 마음이 상해 며칠씩 앓아누웠다고 했다. 외모는 당신보다 한결같이 형편이 없어서 자존심이 상했고 바뀐 여자마다 커리어가 확실한 전문직 여성들이라는 것에 또 한 번 가슴에 못이 박혔다. 교수님의 많은 여자들 중에 영옥 씨와 같은 평범한 가정주부는 단 한 명도 없었다는 사실이 평생의 아킬레스건으로 작용했다. 그것은 딸 서진에게 부드럽게, 지속적으로, 투사되었다고 했다.

"집에 살림만 하는 여자 매력이 없잖아. 서진이가 아이 키우는 재미를 알아갈수록 내가 불안해 지더라구."

영옥 씨는 그런 이유로 서진을 출산 6개월 만에 복직을 종용하셨다고 했다. 그리고 말을 흐렸다.

"사랑받고 평탄하게 살 줄 알았는데..."

칼국수 면이 불어나고 국물이 다 졸아들었다. 기대했던 마무리 칼국수는 우리 둘 다 제대로 즐기지 못하고 상을 정리했다. 영옥 씨가 냄비 바닥에 눌어붙은 면을 숟가락으로 거칠게 긁어 쓰레기통에 넣어 버리는 것을 가만히 바라보고 있었다.

그날 밤 나는 잠이 들지 못하고 새벽까지 뒤척였다. 영옥 씨의 평온하고 우아한 얼굴을 생각한다. 사진 속에서 환하게 빛나던 서진의 보조개를 생각한다. 초등학교 5학년이 되는 해에 나만 남겨두고 떠난 엄마에 대해 생각한다. 술로 얼룩져 비틀거리며 꺼져가던 아빠의 생을 생각한다. 세상의 모든 부모와 자식에 관하여 생각한다. 대학을 결정하는 고3 후기부터 아빠는 생업도 놓아버리고 하루를 술로 가득 채웠다. 급기야 알코올성 치매와 당뇨가 따라왔다. 대학을 포기할 수밖에 없었다. 아르바이트를 하고 있으면 이상철 씨 보호자 되시냐고 수시로 경찰서에서 연락이 오기 시작할 때다. 그맘때 아빠는 길 가다가 정신을 잃고 쓰러지거나 난동을 부려서 신고를 당하기 일쑤였다. 아빠를 혼자 힘으로 감당할 수도 없었고, 무엇보다 그나마 있는 돈벌이도 끊기게 생긴 마당이라 아빠를 요양원에 맡기게 되었다. 매달 들어가는 요양원비용을 대기 위해 일을 늘리는 것이 당시로써는 더 나은 선택이었다. 수면시간도 쪼개어 시급을 늘렸다. 요양원의 생활이 아빠에겐 끔찍했는지 틈만 나면 탈출을 시도했다.

어떤 날은 깜깜한 밤에 녹초가 된 몸을 끌고 집에 돌아오면 문을 열 때부터 느낌이 좋지 않았다. 어두운 예상은 빗나가지 않았고 불을 켜면 비스듬히 벽에 기대어 술에 전 아빠가 늘어진 엿가락마냥 졸고 있었다. 발끝을 세우고 인기척을 죽여보지만 아빠는 금세 정신이 들어 술을 내놓으라고 고래고래 소리를 지르고 집안을 뒤지고 다녔다. 그러면 일단 칼부터 숨겨야 했다. 아빠는 요양보호사 새끼들이 자신을 함부로 대한다며 품고 다닐 칼을 찾아다녔기 때문이다. 몽롱해진 몸과 정신은 때로 괴력을 생산해냈다. 그것에 맞설 재간이 내게는 없었다. 나는 몸도 마음도 너덜너덜해진 채로 119에 도움을 청해 아빠를 다시 요양원으로 돌려보낼 수밖에 없었다. 발버둥 치며 끌려가는 아빠의 눈을 보지 않으려 안간힘을 썼을 때다. 끝이 보이지 않던 고통의 시간은 그리 길지 않았다. 마지막으로 요양원을 탈출하여 집에서 숨을 거두신 거다. 아빠가 그토록 거부했던 요양원이 아니라 집에서 임종을 맞이하신 게 그나마 아빠에게 위로가 되었으면 좋겠다. 아빠에게도 그의 비루한 삶을 낳은 과거의 아픈 역사가 있었을 것이다. 감당해 낼 수 없는 운명에 휩쓸려, 술에 떠밀려 둥둥, 거기까지 간 것일 테다. 그래서 말인데, 불행은 불행을 낳아 기르는 것인가 보다.

서진 4.

파르르-.

또 시작이다. 입가가 제멋대로 떨린다. 언제부터 시작되었는지 기억나지 않는다. 문제는 날이 갈수록 빈도가 늘고 정도가 심해지고 있다는 것이다. 때론 심장이 박동하듯 두근거리고, 때로는 입꼬리를 실로 꿰어서 누군가가 위에서 잡아당기듯 오르락내리락한다. 어떨 때는 입가의 움직임이 입술까지 전해져 입술 전체에 미묘한 파동이 일렁이기도 한다. 거울을 통해 입가의 움직임을 살핀다. 멈추고 싶어도 마음대로 되지 않고 손으로 지그시 눌러 보아도 가라앉지 않는다. 내 살이 통제를 벗어나 제멋대로 움직인다는 것은 공포다. 살의 선언인지도 모른다. 처음에는 가끔 겪었던 눈가의 떨림처럼 마그네슘 같은 영양소가 부족한가 보다 하고 넘겼다. 이 떨림이 잦아질수록 불안감이 깊어졌다. 눈 밑이 파르르 떨린다는 말은 들어봤어도 입가의 근육이 제멋대로인 경우는 들어보지 못했음을 생각해낸다. 참지 못하고 동네 신경외과에 전화를 걸었다.

"네. 푸른 신경외과입니다."

나의 증상을 최대한 자세히 묘사하려고 노력했다. 단어를 신중하게 고르느라 말의 간격이 늘어났다. 데스크 직원은 기다리지 못하겠다는 듯 짜증스럽게 말을 끊었다.

"아, 그런 건 종합병원 신경과로 가셔야 해요."

"아... 신경과요?"

"네."

"신경외과와 신경과는 다른가요?"

"네. 다릅니다."

상담사는 바쁜 업무 탓 인지 이런 상담에 만성이 된 모양인지 시종일관 무뚝뚝했다.

"아... 알겠습니다."

질문을 더 하려고 입을 떼는데 전화는 이미 끊어졌다. 덜컥 겁이 나기 시작한다. 동네 병원에서는 해결이 안 된다는 얘기다. 휴대폰을 열어 입가 떨림, 입술경련 등 다양한 단어로 부지런히 검색했다. 대략 뇌 신경 쪽의 문제로 보인다. 방치하면 안면근육 장애까지 올 수 있어 빠르게 정밀검사를 받으라는 정보가 대부분이다. 선뜻 혼자서 대형병원으로 가 볼 생각이 들지 않는다. 가라앉기를 바라며 며칠 더 기다려보기로 한다. 따뜻한 커피를 한잔 내려 마시고 엄마에게 전화를 걸었다.

"전화기가 꺼져있어..."

역시나 같은 안내 음성이다. 어디에 계신 걸까. 엄마는 지금 계신 곳에서 주말 미사는 보고 계신 걸까. 올해 들어 성당을 나가시는 횟수가 줄더니 떠나기 전부터 주말 미사도 아예 참석하지 않으셨다. 곱게 단장하고 미사에 참석할 시간에 잠옷 차림으로 티브이 앞에 덩그러니 앉아있는 엄마에게 이유를 물었다.

"체력이 달린다. 얘."

그리고 혼잣말처럼 덧붙이셨다.

"나가서 매달리면 나아진다니?"

어릴 적에 일요일 오전이면 네 가족이 단정히 차려입고 주말미사를 모시러 갔다. 일주일 중 단 하루, 온전한 가족의 모습을 갖추는 시간이다. 엄마는 누구보다 열심히 인 신자였고 집안의 대소사에 늘 뜨뜻미지근했던 아빠도 주말 미사만큼은 반드시 참석하면서 의미를 두시는 듯했다. 미사에 참석하기 전에 엄마는 곱게 화장을 하고 가장 아끼는 옷을 꺼내 입으셨다. 진주 귀걸이를 걸고 굽이 낮은 단정한 구두를 신었다. 거기에다 장식이 절제된 가방을 들었다. 아빠의 셔츠와 재킷을 고르는 것도 엄마의 일이었다. 아빠는 아무 말 없이 엄마가 챙겨준 옷을 입고 미사를 보러 나섰다. 미사 중에 나란히 기도하고 평온하게 영성체를 받아 모시는 부부의 모습을 가만히 바라보고는 했다. 미사가 끝나면 두 사람은 다정하게 붙어 서서 신부님 수녀님과 담소를 나누고 이웃들과 안부를 주고받았다. 성당에서 우리 집안은 늘 성가정의 모범으로 꼽혔다. 신앙이 깊었던 오빠는 엄마의 바람대로 신학대학에 입학했다. 집안의 자랑이자 본당 전체의 자랑이었다.

오빠의 입학식에는 신부님 수녀님과 신자들 다수가 참석했다. 품에 넘치는 꽃다발을 겨우 끌어안은 오빠의 모습은 입학생 중에서 단연 눈에 들어왔다. 나의 폴라로이드 카메라는 오빠와 사진을 찍으려고 차례를 기다리는 사람들로 바빴다. 몇몇 어른들은 높으신 분이 될 오빠와 함께 사진을 찍는 것 자체가 은총이라고 했다. 떠들썩한 입학식을 치르고 아빠는 참석해주신 분들을 한정식집으로 모시고 가서 음식을 대접했다. 신부님이 축하의 기도를 먼저 시작하시고 다음으로 아빠가 일어났다. 아침에 엄마가 골라준 감색 정장과 베이지색 체크무늬 타이 덕에 아빠는 세련되고 지적으로 보였다.

"아... 저희가 이렇게 성가정을 이룰 수 있었던 것은 모두 하느님의 뜻입니다. 그 와중에 저희의 큰 아이가 하느님의 부르심에 응답하였으니 이만큼 경사스러운 일이 있겠습니까. 성가정을 잘 가꾼 데에 대한 하느님의 은총으로 받아들이고 더욱 겸손하며 기도하겠습니다. 이 자리 함께해주신 신부님, 수녀님, 형제, 자매분들께 감사드립니다. 아멘."

이웃들은 아빠의 기도에 큰 박수를 보냈다. 엄마는 아빠 옆에 조신하게 앉아서 동의의 뜻으로 고개를 끄덕이며 손수건으로 눈가를 찍어댔다.

"부모가 이렇게 깊은 신앙심을 바탕으로 모범을 보이며 사시니 아드님이 신학생이 되는 영광을 누리는 것 아니겠습니까."

옆에 있던 형제님이 다시 건배 제의를 하며 말을 이었다.

"따님도 얼마나 조신하고 바르게 크는지..."

시선을 아래로 두고 있는 나를 흘긋 보더니 말을 보탰다. 다른 분들도 아빠의 명망 높은 지위, 연구와 후학양성에 대한 열정, 엄마의 가정주부로서의 본보기 등 우리 집 구성원 하나하나를 두고 돌아가며 칭찬을 했다. 아빠는 기분이 좋아서 약주를 거나하게 하셨고 엄마는 다 하느님 뜻이라며 과찬에 대해 쑥스러워하며 방실방실 웃음을 숨기지 못했다. 행사를 마치고 집으로 돌아온 엄마는 곧바로 진주 귀걸이를 빼고 화장을 지워냈다. 몸에 딱 들어맞는 투피스를 벗어 걸어 놓은 후 코르셋을 벗었다. 아침에 벗어둔 보드라운 실내복으로 갈아입고 식탁 앞에서 크게 한숨을 쉬고 우두커니 앉아 있었다.

"아빠는?"

"연구실에 가신단다. 이런 날까지 무슨 연구라니."

엄마는 어두운 얼굴을 하고 말을 더 이어가지 않았다. 곧 핸드백에서 내가 찍어준 오빠의 입학식 사진을 꺼내 어루만지고 있었다. 엄마는 대여섯 개나 되는 꽃다발을 겨우 품에 안고 밝게 웃고 있는 오빠를 쓰다듬었다.

"네 오빠는 여자 속 썩일 일은 없어 한시름 놓는다."

순간에 경직된 정적이 흘렀다. 말을 주워 담듯이 엄마는 자신의 입을 틀어막고 내 눈치를 살폈다.

"오빠 기숙사 생활하니까 많이 섭섭하겠네. 우리 엄마."

"아유. 끼니 걱정 안 하고 좋지 뭐. 세상 편할 것 같다."

엄마의 고귀한 신앙과 세속의 비틀어진 욕망 사이의 간극을 모르는 척 넘기는 일에는 어릴 적부터 기민했다. 엄마에게 신앙이란 뭘까. 엄마에게 욕망이란 뭘까. 엄마에게 모성이란 뭘까. 벗어날 수도 버릴 수도 없이 애틋해서 더욱 진절머리를 쳤다. 가족이란 그랬다.

그 맘때 부터 신앙생활이란 게 다 부질없이 느껴졌다. 사람들이 껍

데기 같은 신앙에 공을 들이는 이유를 도무지 알 수 없었다. 하루는 가족 식사 자리에서 성당을 나가지 않겠다고 선언했다. 엄마의 반응은 예상했던 것이지만 아빠의 그것은 생각했던 것보다 강력했다.

"대체 신앙생활을 하지 않겠다는 이유가 뭐냐?"

"그냥요."

"그냥요? 말 같지도 않은 소리 듣자고 물은 것 아니다. 이유가 없다면 참석하는 것으로 안다."

아빠는 전례 없는 화를 냈다. 절반 이상 남은 밥공기를 두고 자리에서 일어나 재킷을 들고 나가버리셨다. 당시의 나는 명확히 이유를 열거 할 수 있었다. 글로 쓰라면 더 잘 써 넬 수 있었다. 그러나 그냥요. 이것이 내가 할 수 있는 최선의 대답이었다. 그것은 어쩌면 부모에 대한 배려였는지도 모른다. 완고한 아빠에게 통할 리 없는, 논리 없고 보잘것없는 대답과 성당을 나가지 않겠다는 선언은 그날의 에피소드로 끝나고 말았다. 나는 주말마다 충실히 성당에 나가며 여전히 앞과 뒤가 들어맞지 않는 가족의 면면을 확인하고 있었다.

아침에 민성이를 어린이집에 보내고 학교에 휴직계를 쓰고 왔다. 휴직을 하고 엄마의 부재 속에 갈피를 못 잡는 내 가정을 제자리에 돌려놓는 것이 우선이라고 생각했다. 몸과 마음을 정비해야 비로소 교단에 설 수 있을 것 같았다. 아니, 좀 더 솔직하게 말하면 수군거림과 나에 대한 비난을 견딜 자신이 없다. 동네 카페에 나와 앉아서 남편에게 문자를 보냈다.

다음 학기 휴직계 냈어.

삼십 분이 지나서 도착한 답문은 예상을 벗어나지 않았다.

갑자기 무슨 소리야? 의논도 없이.

왈가왈부하기 싫어 답을 하지 않았다. 언제부터 우리가 의논이란
걸 했는지 모르겠다. 내 학교생활에 무슨 문제가 있는지부터 묻는
게 순서 아닌가. 의논을 바라는 것인지 본인의 결재가 떨어지기 전
에 상세한 보고를 바라는 것인지 확실치 않다. 겉은 멀쩡하지만 속
은 권위가 꽉 들어찬 남자다. 그 권위를 못 받아 준 탓에 우리 부부
는 유대가 없는 빈껍데기 같은 관계를 지속한 지 오래다. 엄마의 손
길을 거쳐서 고슬고슬 햇볕 냄새가 나는 부부의 침실은 우리에게 무
용한 것이었다. 과로한 몸이 무겁게 가라앉아 잠에 빠져들려고 하는
데 불쑥 들이치는 남편의 손길에 온몸에 닭살이 돋고야 만다. 돌아
누워 미동도 안 하고 있지만 잠은 이미 확 달아난 후다. 남편의 신경
질이 날숨에 녹아 색색거리는 게 영 거슬린다. 남편의 요구에 매번
거절하는 것이 불편하여 아예 민성이 침대에 쪼그리고 자는 것이 숙
면에 이롭다. 남편은 언제부턴가 내게 자주 비아냥댔다. 욕구를 풀
지 못하는 것이 잦은 짜증으로 내게 배설되는 것인지. 아무렇지 않
은 척 넘기지만 그럴 때마다 견뎌내기가 괴롭다. 언제나 가족은 나
를 불가항력으로 압박한다. 엄마에게 차마 하지 못한 말을 얼마나

되뇌었던가. 엄마의 따뜻한 둥지 작전은 내 가정에서도 실패야. 그
러니까 애쓰지 마요.

주영 5.

주영아.

너의 여름을 어떻게 나고 있는지 모르겠구나. 나는, 나는 이 여름의 찌는 열기에 내 깊숙한 곳의 더러운 것들이 증발해 날아갈 수 있다면, 그럴 수만 있다면, 나는 한낮에 이 집의 작은 옥상에 올라 큰 대자를 하고 오래도록 누워있을 생각이다. 주영아, 너와 나누던 대낮의 맥주 한 잔과 달콤한 낮잠이 그리워진다. 너와 함께 있으면 꽁꽁 얼었던 마음이 스르르 녹아났지. 무척 그립구나.

요즘은 틈틈이 향을 피운다. 지난 주말에 집 근처 공원에서 열리는 플리마켓에 다녀왔거든. 개성 있는 젊은이들이 다양한 좌판을 펼쳐놓고 호객을 하고 있었지. 말린 과일, 수제 잼과 피클, 손뜨개 제품, 도자기, 나무 공예품, 작은 그림들... 공산품이 아닌 사람의 손의 거쳐서 탄생한 온기를 품은 물건들이 가득했다. 그중에 손으로 만든 향이 인상적이더구나. 먹을 수 있는 재료로 빚어서 찌고 건조시켜 만들었다는 향 앞을 떠나지 못하고 한참을 서성거렸다. 미묘하게 다른 각각의 향을 비교하고 음미했더랬지. 바질과 레몬그라스, 타임과 생강을 골랐다. 나무를 작은 쟁반 모양으로 깎아 놓은 향 받침도 함께 말이야.

라이터로 불을 붙인다. 불이 붙을 때까지 가만히 숨죽이고 기다리는 시간이 필요해. 3초, 5초쯤, 그 길고도 짧은 침묵을 사랑하게 되었다. 발간 불꽃이 사그라들며 심의 중심부로 숨어들면서 제 몸을 태우기 시작했어. 회색의 재를 아래로, 아래로, 키워나간다. 연기는 얇은 리본처럼 유연하게 치솟다가 여러 갈래의 나선을 그린다. 그것은 또 다른 갈래로 나뉘어 서로 파도처럼 뒤엉키고 이내 가닥을 따라갈 수 없게끔 공기 중에 흩어져 버린다. 그 흐름을 따라가다 보면 내 두 눈은 갈피를 잡을 수 없이 망연의 한 가운데 머무른다. 내 눈앞에 남은 건 그저 뿌연 허공뿐. 아득해진 자신을 일으켜 세우고 다시 회색 재의 끝으로부터 시작한다. 한 결로 시작하여 무수한 갈래와 방향으로 아스라이 사라지는 이 연기, 연기들, 유연한 몸짓, 혼합, 스며듦, 그리고 허공을 바라본다. 다시 보아도 남는 것은 허공이다. 심호흡을 한번 한다. 이 갈피들은 나의 숨결 하나, 책장 한 넘김에도 예민하게 방향을 바꾸어 넘실대고 무수하게 흩어진다.

향의 마지막을 본다. 길게 굽은 회색빛 재를 두어 번 떨구어내고 향의 끝자락에서 남은 불씨가 멎으면서 그 지점에서 연기를 똑 끊어낸다. 잠시 아무것도 없음에 머무른다. 그리고 다시 향에 불을 붙인다. 짧고도 긴 침묵과 걷잡을 수 없는 유연함 속에서 결국에 남는 것은 허공뿐이란 것을 알지만 나는 다시금 갈피를 따라가려 한다.

8월 8일

from. 윤영옥

툭 하고 건들면 생명력이 터질 것 같은 계절이다. 아직 겨울의 기운이 가시지 않은 3월의 둘째 날이었다. 지후와 민성이는 같은 어린이집에 나란히 입소했다. 영옥 씨와 나는 두 아이를 데려다주고 나오면서 쌀쌀한 날씨를 탓하며 콧물을 훌쩍거렸다.

"주영 씨, 지후 키우느라 고생했어."

"영옥 씨도요."

손톱을 물어뜯으며 태연한 척 대답했다. 그리고는 둘이서 길가에 서서 안고 등허리를 쓰다듬었다. 물으나 마나 우리는 같은 생각이었을 것이다. 그 작은 녀석이 세상에 첫발을 내디뎠구나. 잘할 수 있을까? 그동안 아이 끼고 키운다고 참 고생이 많았지. 이제는 나도 내 시간이란 걸 가져보겠구나. 걱정과 감격, 위로와 기대가 뒤섞였다. 봄의 생명력처럼 속에서 머금고 있던 뜨거운 것들이 어지러이 섞여서 흘러 터졌다.

지후를 어린이집에 보내놓고 집으로 돌아와 구석구석 살핀다. 주로 민성이네서 모여 놀았지만 오늘은 우리 집에서 손수 만든 식사를 대접해 드리려고 한다. 평소보다 신경이 더 많이 쓰였다. 똑똑- 현관문을 노크하는 소리가 들린다. 문을 열었더니 영옥 씨가 활짝 웃으며 머리를 귀 뒤로 넘기신다.

"어서 오세요."

"초대 고마워. 아이들 어린이집 보내니 이런 날도 오는구나."

영옥 씨와 나는 마주 보고 웃었다. 영옥 씨는 양손에 뭘 잔뜩 들고 오셔서 곧장 부엌으로 향했다.

"망고 좀 가져왔어."

"아이. 민성이 잘 먹을 텐데 그 귀한 걸 가져오셨어요."

대답도 않고 부엌에 꾸러미를 풀어 놓으시며 말씀하신다.

"지후가 멸치볶음 좋아하길래 좀 했어. 여기 연근조림도 좀 먹여 봐. 달큰해서 애들이 좋아하지."

어찌할 바 모르고 영옥 씨 등 뒤에서 서성이는 내게 신경도 쓰지 않고 혼잣말을 계속하신다.

"김치도 좀 했는데. 갓 담근 김치 좋아하잖아. 어릴 때 엄마가 갓 담아 준 김치가 생각난다며."

코끝이 시큰거렸다.

"그냥 섰지 말고, 거기 맥주 있지? 그것부터 얼른 냉장고에 넣어버려."

정리를 끝내고 거실의 낡은 인조가죽 소파 앞에 작은 상을 펴서 영옥 씨를 안내했다. 인스턴트 블랙커피를 두 잔 타고 딸기와 쿠키를 곁들여 냈다. 영옥 씨는 아이들의 소란이 없이 고요한 집안을 찬찬히 둘러보았다. 유행이 한참 지나버린 천장의 체리 색 몰딩과 시트지가 군데군데 들뜬 거실 장을 본다. 오래되어 합판이 아래로 축 처진 책장에 시선이 머물렀다. 이내 베란다에 말라비틀어져 흙만 남은 화분을 오래도록 바라본다.

"결국에는 흙만 남는다지…"

알 수 없는 말을 중얼거리는 영옥 씨의 눈빛.

"집이 누추하죠?"

"에이, 그렇게 생각 마. 초대해줘서 고마워. 언제나 그랬듯 나는 이 집이 좋아. 햇빛이 잘 드는 따뜻한 집이야. 진짜 집 같아."

"진짜 집이요?"

영옥 씨가 머리카락을 귀 뒤로 정리해 넘기며 말한다.

"응. 내가 언제 집 같은 집에 살아봤나 싶어."

영옥 씨는 아이들과 저녁을 지어 먹고 설거지를 끝낸 후 정갈하게 자른 과일까지 내어주고 나면 하루 치 쓸모가 다한 것 같았다고 했다. 그러고 나면 우두커니 시선은 티브이에 두었지만 초점은 허무를 향했다. 늦은 밤 현관 쪽에서 남편이 들어오는 소리가 들리면 영옥 씨는 소스라치게 정신을 차리고 자리에서 일어난다. 옷매무새를 정비하며 정리할 것도 없는 머리칼을 여러 번 귀 뒤로 넘겨 단정히 했다. 없던 웃음을 급히 지어 밝게 맞이했다. 왔어요? 하고 흘긋 남편의 눈치를 살핀다. 눈길도 한 번 주지 않고 서재로 향하던 남편의 뒷모습을 쫓아가다가 냉정하게 닫힌 문 앞에서 우두커니 멈춘다. 곧 우회해서 부엌으로 숨어 들어가 버리던 영옥 여사.

"주영아, 그렇게 기다리기만 했던 게 최선이었을까."

질문 같은 그녀의 독백에 나는 아무 말도 할 수 없었다.

"그런 면에서 너는 참 멋있다."

나를 한번 흘긋 바라보고 희미하게 웃는다.

"에이. 영옥 씨, 우리 우울한 얘기 그만하고 맛있는 거 먹고 힘내요."

점심은 표고와 멸치, 파를 넣어서 진하게 낸 육수에다 국수를 말고 파전을 구워 먹었다. 어른 둘이 먹을 상엔 기호대로 청양고추를 마음껏 곁들일 수 있었다. 내내 아이 입맛에 맞춰 싱겁게 밥을 하던 어른에게 이것이야말로 작지만 확실한 행복이 아닐까. 국수의 양념장에 고춧가루와 다진 마늘을 듬뿍 넣고 다진 청양고추를 양껏 넣었다. 파전에도 고추를 송송 썰어 넣었다. 영옥 씨가 전을 한 젓가락 찢어 오물거리다가 입을 호호 불어 대시더니 막 웃어대기 시작했다. 한참을 고개를 숙이고 웃으시더니 눈물이 그렁그렁 맺혔다. 우리는 마주 보고 폭소를 터트렸다.

"오랜만에 매운 걸 먹으니까 속이 뻥 뚫리는 것 같네. 주영아, 우리 맥주 한잔하자."

"맥주요?"

"뭘 그렇게 눈이 동그래져서 놀라. 낮에 기분 좋게 한 잔씩 하면 좋지 뭐. 사실은 내가 애주가야."

"네... 좋아요."

영옥 씨가 가져오신 맥주가 우리의 점심에 곁들일 용도였음을 미처 알지 못했다. 술이라면 지겹도록 보고 자랐다. 나뒹구는 술병, 거나하게 취해 중심을 잡지 못하고 흔들리는 육신, 불콰해진 얼굴, 삐뚤어진 입의 누런 치아 사이에서 삐져나오는 흉기 같은 언어들. 술은 인간의 몸과 영혼을 잠식하는 지긋지긋한 것이었다. 어린 마음까지 멍들게 하는 무자비한 것이었다. 아니면 설익은 영혼들이 비참한 인생을 자기 고백하기 위해 들이키는 독이었다. 그때까지 나는 낮에 마시는 맥주 한 캔의 즐거움에 관하여 알지 못했다. 파전에 박힌 청

72

양고추가 남긴 입안의 열기는 차가운 맥주로 시원하게 내리고 국수를 후루룩 들이킨 후 다시 파전을 한입 먹는다. 다시 맥주로 느끼한 맛을 딱 잡으니 음식의 맛도 기분도 한층 격이 높아지는 것 같았다.

"아. 너무 행복해요."

"그치? 이 맛에 산다."

두둑하게 먹고 대낮의 맥주 한 캔을 곁들인 덕에 알딸딸하게 기분이 좋아졌다. 먹은 것을 거둬들여 설거지를 하는 동안 영옥 씨가 작고 낡은 소파에 올라가 몸을 누이더니 살짝 잠이 드신 듯했다. 남은 설거짓거리를 그대로 남겨둔 채 고무장갑을 벗고 거실로 갔다. 얇은 담요를 꺼내와 조심스레 덮어드리고 옆에 앉았다. 미미하게 흔들리는 잔머리들을 바라보았다. 희끗희끗한 영옥 씨의 눈썹 결을 따라가다가 고운 이마에 가느다란 주름 바퀴들도 따라가 본다. 햇살 아래 아이처럼 새근거리는 영옥 씨의 모습이 따뜻하고 평화롭다. 이 장면 그대로 오래 머무르셨으면 했다. 잠드신 소파 아래에 영옥 씨와 같은 방향으로 모로 누워 스르르 잠이 들었다. 달고 깊은 잠으로 걸어 들어간다. 따뜻하고 포근한 동굴이 점점 좁아지며 까맣게 잠속으로 빠져든다. 눈가에 맺힌 것이 차갑게 식을 때까지.

서진 5.

깊은 잠의 단맛을 느껴본 지가 언제였던가. 밤이 익어 갈수록 머릿속은 새하얗게 밝아 각성을 거듭한다. 창밖에 빽빽한 매미울음 소리를 의식하며 뒤척이고 있는데 문자 메시지가 연이어 울렸다.

선생님...

주무세요?

죄송해요...

휴직하신다면서요

저 때문이죠?

정말 죄송해요.

ㅠㅠㅠ

반장 아이였다.

현아야. 몸은 좀 어때?

우리 얼굴 보고 얘기할까?

아이가 피를 흘리고 책상에 엎드려 있던 날 아이의 엄마는 펼쳐진 일기장의 마지막 기록을 보고 바로 경찰에 신고를 했다고 한다.

'7월 16일. 담임 면담 실패 - 거절당함 ㅠ'

공무원을 대동한 경찰과의 조사, 반 아이들 개별 면담, 동료 교사와 교장 선생님과의 면담이 이어졌다. 의식이 돌아온 아이가 자살 시도의 원인에 대해 경찰에 진술하면서 사건이 마무리되었다. 반장의 일기장은 부모와의 갈등이 자해의 주원인이었다는 것을 밝히는 증거가 되었다. 아이의 부모는 성적에 집착했다. 목표와 결과를 중요시하면서 아이와의 감정적인 유대는 일찌감치 뒷전이 되었다. 아이는 학원에서 만난 이성 친구와 교제하고 있었다. 아이 가방에서 콘돔을 발견하면서 딸의 이성 교제 사실을 알게 된 아이의 엄마가 남자 쪽 부모에게 전화를 걸어 난리를 쳤다고 했다. 남의 집 귀한 딸 운운하며 남자아이의 부모님에게 몇 차례 모멸감을 주었다 했다. 성에 차지 않자 아이의 엄마는 남학생을 따로 불러 야단을 쳤다고 했다. 현아는 엄마의 몰상식을 견뎌낼 수 없었다. 기어이 남자아이와 헤어지게 한 엄마를 참아 낼 수 없었다. 아이의 엄마는 딸과 자신 사이에 켜켜이 쌓여 온 문제를 모두 외부 탓으로 돌리고자 했다. 자신의 잘못을 인정하는 것 보다 그 방법이 더 쉬웠으리라. 자신은 아이를 위해 입시정보를 모으고 체력관리에 힘쓰며 치열하게 뒷바라지 했을 뿐이라고 했다. 다행히 나를 신고한 일은 잘 마무리되었지만 나는 신고를 당하고 경찰 조사를 받았다는 수군거림에서 자유로울 수 없었다. 학생과 학부모, 학교 조직이 더욱 굳건히 두려워졌다.

다음날 시내의 커피숍에서 반장을 만났다. FILA 로고가 크게 새겨진 티셔츠를 짧은 반바지 안에 넣어 입고 흰 양말에 반스 운동화를 신었다. 얼굴에 하얀 파우더를 칠하고 입술에 빨간 립글로스를 바른 채 약속한 카페에 앉아 있었다. 아이는 나를 기다리는 막간에 수학 문제집을 풀고 있었다.

"현아야. 일찍 왔네."

"아. 선생님."

아이는 문제집을 급히 접어 가방에 쑤셔 넣고 엉거주춤 일어나서 인사했다. 아이의 혈색은 좀 나아진 듯했지만 내 눈을 똑바로 쳐다보지 못했다. 뜨거운 커피와 아이스티를 시키고 마주 앉았다.

"현아. 몸은 좀 어때?"

"선생님. 죄송해요"

"회복은 된 거야?"

아이는 대답하지 않고 붕대를 감은 왼쪽 팔을 제 오른쪽 팔로 잡고 끌어 내리며 테이블 아래로 숨겼다.

"선생님. 선생님께 피해를 끼치고 싶은 마음은 없었어요. 일기장에 수많은 내용 중에 제일 마지막에 선생님과 면담이 이루어지지 않았다는 그 부분을 보고 엄마가 신고를 한 거예요. 이 일로 휴직까지 하신다는 거 알아요. 죄송해요."

"얘기하지 않아도 돼. 현아야. 경찰 조사에서 다 밝혀진 거니까. 그리고 휴직은 여러 가지로 내가 휴식이 필요하기 때문에 내린 결정이야."

"그래도..."

진동벨이 울리자 현아가 고개를 들고 두리번거렸다. 그냥 앉아 있으라고 손짓으로 말하고 일어나서 주문한 것들을 받아 왔다. 각자의 음료를 몇 차례씩 들이키는 동안 침묵이 흘렀다.

"그동안 부모님 때문에 많이 힘들었구나?"

현아는 대답 없이 빨대로 아이스티의 얼음을 천천히 휘저었다.

"그날은 네 얘기를 들어주지 못해 미안해. 아이가 응급실에 입원을 해서 경황이 없었어."

아이는 고개를 숙이고 아무 말도 하지 않았다. 이야기가 끊기고 각자 창밖의 풍경에 골몰하는 동안 다시 오랜 침묵이 흘렀다. 날이 흐리고 제법 바람이 불어 가로수의 잎사귀들이 거칠게 흔들리고 있었다.

"엄마는 나름대로 너를 위해 치열하신 거야"

"뭐가 치열한데요?"

아이가 고개를 들어 내 눈을 똑바로 쳐다보며 대꾸했다. 목소리에 가시가 돋쳐 있었다.

"엄마가 아빠에 비해 학벌이 밀려서 열라 무시당하니까 제 학벌에 집착하는 거예요. 저를 위한 게 아니에요."

"그렇게 생각하니?"

"그 애 때문에 겨우 버텼어요. 그런데 그 애마저 저한테서 빼앗아 갔어요."

"남자 친구와 헤어졌니?"

아이는 빨대를 빼서 테이블에 올려놓고 아이스티를 잔째 들이켰다. 아이의 입속에서 차가운 얼음이 쁘드득 쁘드득 부서지는 소리가 울렸다. 시선은 창밖에 둔 채로 얼음을 다시 입속으로 밀어 넣었다. 쁘드득 쁘드득. 아이의 분이 그대도 느껴졌다.

"그깟 콘돔 때문에 난리를 치고. 우리를 갈라놓고. 콘돔은 써보지도 못 했다구요. 진짜 화가 나요."

"그래. 화가 많이 났구나."

"그 애가 저를 안 만나려고 해요."

"속상하겠구나."

"보고 싶어요."

아이는 침통한 얼굴을 하고 유리컵에 맺혀 흐르는 물방울들을 어루만졌다. 현아의 가방 끝에 삐져나온 수학 문제집을 보고 말했다.

"공부는 다시 시작한 모양이구나."

"잡생각이 나서 머리가 복잡할 때 그냥 수학 문제를 붙잡고 있는 거예요."

쓸쓸했다.

"공부가 아니라. 불안하고 답답한 마음을 잊기 위해 문제를 풀어요."

"그래 노력하고 있구나."

"모르겠어요."

아이는 고개를 숙이고 잔 아래 고인 동그란 물 자국을 만지작거렸다.

"엄마는 너에게 상처가 되는 것도 모를 만큼 앞만 보고 달리신 거라고 생각해. 가족이란 그래. 너무 가까워서 너무 먼 사람들."

아이가 고개를 들어 물끄러미 나를 바라본다.

"선생님도 그랬어요? 가족이?"

"응, 지금도. 여전히."

"지금도요?"

눈을 동그랗게 치켜뜨고 묻는 현아의 얼굴을 보고 씁쓸한 웃음이 퍼졌다. 그래, 다 큰 어른인데도 이렇게 가족 앞에서 무력하다. 네가 놀랄 만도 하구나.

"선생님, 왜 웃어요?"

"그냥... 네 말대로 어른인데도 여전히 가족 안에서 힘들어하는 내가... 참 별로라서?"

"선생님. 이별해봤어요?"

"응."

"어땠어요?"

"세상이 무너져 내리지. 하지만 절대 무너지지 않더라고."

아이는 다시 빨대를 꽂고 얼음 사이에서 농도가 옅어진 아이스티를 들이켰다. 텅 빈 빨대 소리가 요란하게 반복되었다. 아이도 씁쓸한 표정을 하고 피식 웃었다.

"하나 더 시킬까?"

"아니요. 저 이거 별로 안 좋아해요."

침통한 얼굴로 엉뚱한 대답을 하는 아이가 귀엽고 안쓰러웠다.

"어머니가 너를 더 존중해 주셨으면 좋겠다."

"아뇨. 엄마는 자기 자신을 먼저 존중해야 해요."

고개를 뒤로 젖히고 얼음을 연거푸 씹어 삼켰다. 아이의 얼굴을 바라보았다. 단발머리를 무심하게 거두어 묶은 머리, 들뜬 화장기, 총기 어린 눈빛 뒤에 숨어있는 쓸쓸함, 거칠게 얼음을 해체하는 턱, 앙다문 입술에서 느껴지는 단호함과 어느새 테이블 위로 올라와 있는 붕대 감긴 팔. 아이의 왼팔을 천천히 쓰다듬었다. 아이가 끔쩍 놀라 팔을 내려 숨기려 했다. 지그시 눌러 잡았다. 그리고 부드럽게 매만졌다. 채 피어나지 못한 이 여린 생명이 내렸던 그 무서운 결단에 대해 생각한다. 아이의 절실함과 용기에 대해 생각한다.

"현아야. 너를 지켜. 열악하고 아픈 상황에서 제대로 지켜내."

아이의 눈을 똑바로 응시했다.

"너를 더 사랑해줘. 이런 방법은 아니야."

아이는 팔을 다시 테이블 아래로 끌어 내리며 작게 고개를 끄덕였다. 아이와 햄버거를 먹고 헤어지려는 데 소나기가 들이쳤다. 편의점에서 비닐우산을 두 개 샀다. 아이 손에 하나 들려주고 버스에 올라 타는 것을 보고 돌아섰다. 시계를 보니 민성이가 돌아올 시간까지 여유가 남았다. 좀 걸어야겠다. 물에 약한 라피아 소재의 샌들이 빗물에 흠뻑 젖었다. 싸구려 우산의 정점에서 물이 새어 들어와 팔꿈치 끝에 빗물이 흘러 맺혔다. 우산을 쓰고도 온몸에 비를 맞은 기분이다. 질퍽질퍽한 걸음으로 정처 없이 길을 이어나갔다.

주영 6.

아직 정오가 되려면 두 시간이나 남았는데 한여름의 햇볕은 정수리를 내리쬐는 기분이다. 무더위 속이라도 좀 걸어볼까 하여 산책로를 따라 걸었다. 귀 옆으로 주르륵 흐르는 땀을 손등으로 문질러 닦으며 시선이 멈춘 것은 동네 카페 창가 자리에서 책을 읽고 있는 서진이었다. 누군가의 시선이 느껴졌는지 서진이 고개를 들었고 우리는 눈이 마주쳤다. 희미한 보조개가 잡혔다 사라지며 서진이 눈인사와 함께 들어오라고 손짓을 했다. 카페로 들어가니 시원한 에어컨 바람이 태양 아래 녹아내리던 나를 순식간에 건조시켰다. 서진과 어정쩡하게 인사를 나누고 나란히 앉았다. 서진은 책의 중간 즈음에 책갈피를 꽂아두고 덮어서 한쪽으로 치워두었다. 서진이 먼저 입을 뗐다.

"잘 지내셨어요?"

"네."

정적이 흘렀다.

"차 한잔하시겠어요?"

서진은 일어나서 아이스커피를 주문하고 돌아왔다. 이어갈 말을 찾았지만 당장에 떠오르지 않았다. 어색함을 깨 보려고 공연히 책

이야기를 꺼냈다.

"서진 씨 집에 책이 많던데 책을 좋아하시나 봐요."

"네. 다양한 인간사를 엿보는 게 좋아요."

"아 저는 책 읽기라는 게 쉽지 않던데. 대단하시네요."

그동안 서진은 창백하고 수척해졌다. 산책로에 하얀 강아지 두 마리가 나란히 줄에 묶여 종종걸음을 하는 것을 바라보던 서진의 뺨에서 깊은 보조개가 잡혔다 사라진다. 창백한 얼굴을 하고도 서진에게 피어나는 찰나의 보조개가 시선을 사로잡는다. 저 보조개 앞에서 언제나 나의 마음은 얼어붙었다.

"서진 씨, 살이 많이 빠졌네요."

"밥이 부실해서 그런가."

서진은 고개를 숙이며 피식 웃었다.

"여름인데 좀 챙겨 드셔야죠."

"먹고 싶은 마음이 없네요. 제대로 할 줄도 모르구요. 혹시... 엄마랑 연락하시나요?"

"아니요."

다시 한번 서진을 속이게 되었다. 서진은 머리칼을 귀 뒤로 넘기며 깊은 한숨을 몰아쉬고 말을 이었다.

"이해할 수가 없네요."

"뭐가요?"

서진은 바로 대답하지 않고 양쪽 입술을 안쪽으로 말아 포개며 망설였다.

"이렇게 일방적으로 연락 두절하시는 게 남은 사람을 얼마나 괴롭게 하는 것인지 모르시는 걸까요? 하루에도 몇 번씩 배신감이 들고 화가 나요."

서진은 뭐가 우스운지 말끝을 흐리고 피식피식 웃으며 식어버린 커피를 들이켰다.

"상냥한 학대라고 들어보신 적 있나요?"

"네?"

"부모가 사라진 다음 자식이 홀로 살아갈 수 없는 상태를 말한다더군요."

들던 귀를 의심했다. 상냥한 학대? 영옥 씨의 지극한 정성과 사랑도 학대가 될 수 있다는 말인가?

"아이스 아메리카노 한 잔 나왔습니다."

점원이 상념을 끊어 놓았다. 커피를 가지러 일어서는데 분노가 일었다. 아이가 다섯 살 나도록 밥 짓는 법도 익히지 못해 얼굴이 핼쑥해진 여자. 딸자식을 이렇게나 훌륭하게 키운 것도 모자라 딸의 어린 자식까지 거두고, 딸의 집에 먹을 것을 장만하고, 장성한 딸의 집안을 돌보는 일이 노년으로 향하는 부인에게 녹록지 않은 일이었음을 조금도 헤아리지 못하는 여자. 엄마가 부재했을 때 위태함마저 엄마의 탓으로 돌리는 여자. 딱 그만큼, 너의 비단결 같은 역사 안에서, 딱 그만큼의 고통에도 부서질 것 같이 견디기 힘든가 보구나. 그래, 사람은 본인의 경험치 만큼 아픈 거라고 생각한다. 세상이 얼마나 더럽고 치사하게 내 삶을 갉아 먹는지 낱낱이 이 철없는 여자의 눈앞에 들이대고 싶은 충동이 일었다. 그 잔인함은 어리다고 해서, 기댈 데 없다고 해서 피해가지 않는다고. 그런 자비로움 따위 기대할 수 없는 것이 본디 세상이라고. 곱게 자란 이 여자에게 말해주고 싶다. 적어도 너는 그런 비참한 역사는 쌓지 않았잖아? 하고 따져 들고 싶다. 매일같이 축축한 누린내와 개소주 끓이는 후끈한 냄새가 살갗에 배는 삶을 알기나 할까. 술에 찌들어 널브러진 아빠의 육신을 어린 몸으로 보살피고 그럼에도 무차별로 쏟아지는 폭언을 들으며 자라난 한 역사의 아픔을 헤아릴 수 있으려나. 무엇보다 영옥 씨에게 학대라는 단어를 들이대며 자조하는 서진에게 경멸이 쏟아지려고 한다. 살이 떨릴 만큼 흥분되는 마음을 간신히 붙잡아 두고 자리에 돌아와 서진에게 말했다.

"학대라는 말 듣기 불편하네요. 영옥 씨에 대한 예의가 아닌 것 같아요."

감정을 누르며 차분히 말을 내뱉으려고 노력하는 나를 서진이 물끄러미 바라보며 한마디 내뱉었다.

"예의요?"

할 말을 잃은 듯한 표정을 하고 나를 보았다.

"제가 보기엔 빠짐없이 가지고 태어났고 그걸 잘 누리시는 것 같은데요. 좋은 부모, 좋은 직장, 좋은 가정."

서진은 잠깐 침묵하다가 입을 뗐다.

"좋은 가정 말인가요? 좋은 가정을 가꿀 기회를 송두리째 잃었죠. 주영 씨처럼 온종일 아이와 씨름하며 키워내는 그 평범한 경험조차 저에겐 사치네요. 복직하고 정신없이 살다 보니 다 지나가 버렸어요. 아이는 저만큼 커 버렸고 나보다 할머니를 더 가까이 여기는 것 같아요. 학교든 집이든 제가 발 딛고 서야 할 자리가 어디인지 모르겠네요. 그리고 이렇게 연락 두절 상태로 떠나 버리셨죠. 지금에 와서 생각해 보니 이런 것들이 학대가 될 수 있다고 말하는 겁니다."

쉬지 않고 말을 쏘아붙이던 서진에게 나도 모르게 따져 묻게 되었다.

"최선을 다해 가정을 지키고 서진 씨를 보호하려고 했던 것이 학대가 될 수 있나요?"

서진의 눈동자가 커지고 얼굴이 부르르 떨리는 것 같았다.

"저기, 뭘 아신다고 그렇게 말씀하시는지 잘 모르겠네요."

"좀 압니다. 영옥 씨와 그간에 정을 나누면서 영옥 씨의 심정을 딸인 서진 씨보다는 잘 알고 있는 것 같네요. 적어도 학대라는 말에 반감이 드는 걸 보아서는요."

"아니…"

서진은 흥분이 고조되어 말을 이어가려고 하는데 갑자기 말을 멈추고 손으로 입을 막았다. 손이 가늘게 떨리고 서진의 시선이 흔들리기 시작했다. 그녀는 당황하고 있다.

"어디 불편하세요?"

"아, 아닙니다."

서진은 입을 가린 채로 눈을 감았다. 잠깐의 침묵 끝에 머리를 한번 쓸어 올리고 커피를 한 모금 마신 후에 말을 이었다.

"입가가 떨려서요. 금방 가라앉을 겁니다."

"경련 같은 건가요?"

"뭐, 그런 것 같아요."

"자주 그런가요?"

"네, 요즘은요."

서진은 어떤 말도 하지 않았다. 떨림이 가라앉았는지 손을 내려놓고 차갑게 정면을 응시하고 있었다. 더 이상 이야기 나누기엔 무리다. 어색함을 견디지 못하고 절반 이상 남은 커피를 두고 자리에서 일어나고 말았다.

"커피 잘 마셨습니다. 저는 그만 가 볼게요."

생각났다. 중학교 때 성당 친구들 중 이지혜의 보조개를 기억한다. 유일하게 환경으로부터의 불행을 비켜나간 친구 이지혜. 우리는 모두 태어날 곳과 시기를 자신이 선택하지 않았음에도 환경으로부터, 부모로부터 오는 고통을 감당해야 했다. 경직되고 방어적인 상태로 각자 어두운 10대의 터널을 지나고 있을 때였다. 하나같이 어둡고 불안한 구석을 띈 친구들 사이에서 이지혜는 독보적이었다. 늘 단정한 옷차림으로 크고 맑은 눈을 깜박이면서 대체로 모든 순간에 보조개를 흠뻑 발했다. 말투가 나긋하고 상냥했으며 누구에게나 그랬다. 그 아이에게서 고귀한 빛이 났다. 그래, 그 고귀한 빛이 나의 어두운 면면을 밝혀낼 것 같은 두려움은 그때부터다. 그맘때 우리는 남자아이들이 구해온 소주 서너 병을 성당 옥상에 둘러앉아 나눠 마시곤 했다. 새우깡 봉투의 배를 갈라 원의 한가운데 처량하게 펼쳐두고 소주잔을 돌리며 자기 고백을 하는 시간을 종종 가졌다. 미성숙한 육신들은 두어 잔만 들이켜도 쉽사리 취기가 올랐고 입에서 고통이 줄줄 새어 나왔다. 은경이는 아빠가 밤낮으로 술을 마시며 세간살이를 던지고 엄마를 두들겨 댄다고 했다. 아빠 이야기를 하는 은경이의 눈에 분노가 서렸다. 광명이는 불량써클의 형들에게 몸과 마음, 몇 푼 되지도 않는 용돈마저 붙잡혀 있는 처지라고 그 늘진 얼굴로 말했다. 수정이는 엄마가 매일 밤 치장을 하고 남매를 집에 남긴 채 춤을 추러 나간다고 했다. 시원이는 술에 취하면 칼부림을 하려는 아빠에 맞서기 위해 빨리 건장한 어른이 되어야 한다고 말했다. 동시에 옷자락을 들어 빨래판 같이 드러난 갈비뼈를 내보이며 키득키득 거렸다. 자조였다. 말을 더듬었던 창준이는 매일 같이 오락실의 댄스 기계에 동전을 갖다 부으며 춤을 춘다고 했다. 춤추는 수, 순간만이 사, 살아있는 것 같다고 말했다. 그 와중에 누구는 울음을 터트렸고 어떤 아이는 맨주먹으로 공연히 벽을 거듭 쳐서 제 손에 찰과상을 냈다. 어떤 아이는 공중에다 욕을 퍼붓고 소주잔을 들이켰다. 감당할 수 없는 각자의 굴곡진 삶을 그렇게나마 발산하고 표현해야만 했다. 둘러앉아 너 나 할 것 없이 터져 나오는 처참함 속에서 이지혜는 오롯이 맑은 눈망울로, 빛나는 보조개를 띤 채로 자리를 지키고 있었다. 그 예쁜 침묵은 소름 끼치도록 이질적인 것이었다.

　이지혜는 예고를 준비하느라 바이올린 레슨을 다녔다. 한쪽 어깨에 바이올린 가방을 메고 해맑은 표정으로 이지혜가 나타나면 고귀한 빛이 흘렀다. 크리스마스를 기념하는 중고등부 행사에서 이지혜는 바이올린을 연주했다. 검은색의 단정한 원피스 차림을 하고 어깨까지 오는 머리를 목 뒤로 가지런히 묶었다. 곡을 준비하고 있는 이지혜에게 스포트라이트가 쏘아지자 관객 전체가 술렁거렸다. 긴장을 달래기 위해 관객을 향해 미소 지으며 활짝 핀 보조개를 띄워 보내던 이지혜의 순간을 기억한다. 그 보조개가 내 가슴에 닿아 아프게 박혔던 순간을 생생하게 기억한다. 멘델스존의 바이올린 협주곡이 구슬픈 가락으로 울려 퍼졌다. 이지혜는 눈을 감고 미간을 모으며 슬픔에 일그러지는 듯했고 아픔에 사무쳐 찡그리는 듯도 했다. 얼굴이 시시각각 변하며 희로애락이 골고루 드러났다 사라졌다. 나는 이해할 수 없었다. 불행의 터널을 지나는 것은 은경이었고, 광명이었고, 수정이, 시원이, 창준이었고, 그리고 나였다. 이지혜의 저런 표정은 어디에서 오는 것일까 생각했다. 공연이 끝나고 바이올린을 내리고 선 이지혜는 다시 한번 빛나는 보조개를 내 가슴에 날카롭게 꽂았다.

서진 6.

　　　　　　　　　　　　　　"외동이 둘이서 형제처럼 어찌나 의좋게 지내는지. 예뻐 죽겠다. 얘."

　엄마는 민성이와 지후가 함께 있는 장면을 유독 좋아하셨다. 두 아이가 함께하는 사진을 수시로 전송하곤 했다. 나란히 앉아서 국물을 사발 째 들이키는 장면, 경쟁하듯 고개를 뒤로 젖히고 국수를 손으로 들어먹는 사진, 머리를 맞대고 산책로의 개미를 관찰하는 순간, 바닥분수 사이를 뛰며 흠뻑 젖은 채로 웃고 있는 녀석들. 민성이와 지후가 어린이집에 나란히 입소한 3월의 어느 날, 엄마는 벚꽃 비를 맞으며 지후엄마와 둘이 서로 안고 토닥였다고 했다. 아이를 함께 키우는 사람 사이에 얼마나 특별한 유대가 형성되는 것인지 엄마와 주영 씨를 보며 깨닫곤 한다. 어쩌다 보니 내겐 가질 수 없는, 지나가 버린 기회가 되고 말았지만 감회가 남다를 것 같다. 아이들이 둘도 없이 예쁘게 지내고 삼 년을 내리 함께 육아를 하다 보니 엄마는 주영 씨에 대해 애틋한 마음도 느끼고 의지도 많이 하시는 모양이었다. 딸인 나보다 주영 씨와의 유대가 깊어 보이기도 했다. 주영 씨는 어려서부터 마음고생을 많이 한 사람이라고 들었다. 엄마는 민성이가 원에 가 있는 낮 시간에 주로 주영 씨와 점심을 먹고 이야기를 나누며 시간을 보내는 듯했다. 퇴근하고 돌아오면 두 사람이 점심을 즐긴 흔적을 확인하기도 했다. 종종 막걸리 한 병이나 맥주 두 캔이 비어 있기도 하고 점심에 특별한 요리를 만들어 드시고 내 몫으로 따로 담아 두시기도 했다.

"엄마, 주영 씨랑 만나면 좋은가 봐요?"

"편안하고 재미있어. 속이 깊은 아이야."

"좋겠네. 우리 엄마. 젊은 절친도 있고."

"어려서 고생을 많이 했어. 엄마도 없이 아픈 아빠 보살피며 공부도 제대로 못 했고. 그래도 특출 난 기술이 있어서 내년에는 일을 다시 시작할 거라 더구나. 다행이다. 여자도 집에 있으면 안 되지. 그리고 애, 우리는 감사해야 한다. 이 만큼 살기가 어디 쉽다니. 늘 감사하며 살아야 한다."

엄마는 주영 씨에 대해 이야기를 할 때마다 칭찬 끝에 우리 가족의 무탈함에 안도했다. 끔찍한 불행을 겪지 않은 우리 가족에 대한 다행을 상기시키곤 했다. 글쎄, 우리가 정말 무탈했는가. 불행에도 우열이 있을까. 나도 누군가에게 빠지지 않을 만큼 불행했다는 사실을 엄마는 알지 못한다. 아니, 그에 대해 알고 싶지 않다가 더 옳겠다. 엄마에게는 주영 씨에 대한 연민과 우월감이 뒤엉켜 있었다. 우아함과 천박함은 종이 한 장을 사이에 두고 위태하게 대치하는 것 같았다.

대학교 시절 교양수업에서 만난 친구 은세와 아주 각별하게 지냈다. 서양 철학사 수업이었는데 그날 지각을 한 탓에 옆에 앉은 은세에게 교재 몇 페이지냐고 물었다. 수업이 끝난 후 학교 식당에서 혼자 밥을 먹는 서로를 발견하고는 마주 보고 웃었다. 그때부터 우리의 인연은 시작되었다. 은세는 서양화를 전공하는 미술학도였다. 그 친구는 국어교육과에 다니는 내게 문학에 대해 궁금해했고 나는 미대생의 작품 활동이 궁금했다. 그 후로 종종 만나 문학과 미술에 대한 이야기를 나누고 서로 책을 추천하기도 했다. 도서관과 서점에 같이 들리고 서울 곳곳에서 열리는 미술 전시를 챙겨 보기도 했다. 은세와 이야기 나누면 내 안에 잊고 있었던 에너지가 살아 움직임을 느꼈다. 은세는 자기 작업에 관해 항상 고민하고 거침없이 실행했다. 자기표현의 근간을 찾기 위해 역사와 철학 공부도 게을리하지 않았다. 그런 은세가 부러웠고 마냥 멋있었다. 2학년이 되고 우리는 캠퍼스 잔디밭에 유럽 지도를 펴 놓고 유럽미술관 일정을 짜 보고는 했다. 만약에 내가 간다면 말이야... 하는 식으로 다양한 루트를 마음껏 그려보는 것이었다. 언젠가부터 은세가 고안한 우리만의 즐거운 놀이였다. 가끔씩 의견의 차이를 확인할 때면 서로 어색해져 잠시 침묵 상태에 놓이기도 했지만 나는 크게 개의치 않았다.

"영국 런던으로 들어갔다가 독일, 체코, 스위스, 이탈리아, 스페인을 거쳐 프랑스로 아웃하는 게 보편적인 루트더라구."

내가 구체적인 방법을 말하면 은세는 늘 추상적으로 어떤 순간의 장면을 그림으로 그리면서 말하곤 했다.

"시골 마을에 오솔길을 막 걷는데, 가도 가도 길과 나무밖에 없어. 비틀거리며 한참을 걷는데 사막의 오아시스처럼 미술관이 딱 나오는 거야. 완전 물 만난 거지. 거기서 느린 걸음으로 작품을 감상하고 미술관 앞뜰에서 샌드위치를 먹고. 그리고 나무 그늘에서 늘어지게 낮잠을 자는 거지."

때로 한 길로 새는 은세의 이야기에 나는 늘 맞장구를 쳐 주었다.

"숨은 미술관을 찾아다니는 재미도 쏠쏠하겠네."

"응. 생각만 해도 근사하지?"

"그래도 이왕 가는 거 루브르나 오르세, 테이트 모던 같은 곳을 먼저 가야 하지 않을까? 작은 미술관 투어는 두 번째, 세 번째 여행이라면 적절할 것 같아."

내 이야기에 은세는 피식 웃음을 터트리며 말했다.

"두 번, 세 번? 그림 그릴 시간도 모자라는데 미술관 투어가 인생에서 몇 차례나 될 수 있을까?"

"그런가?"

"주요 도시 위주로 도는 것도 좋지만 나는 아예 동유럽지역만 돌아도 의미가 있을 것 같아."

은세는 내가 제시하는 방향과 반대의 방향을 제시하는 경우도 비일비재했다. 나는 그것에 대해 특별하게 생각하지 않았고 대부분 수궁했다. 그 아이의 다른 시각과 다른 생각을 듣는 것이 좋았다.

"그렇구나. 동유럽 예술의 특이점은 어떤 거야?"

"지형적으로 강대국의 손길을 여러 번 거쳤잖아. 통치와 간섭에서 벗어나려는 동유럽 보편의 저항 말이지. 그 저항의 기운이 좋아."

여름방학이 다가오자 나는 계획만 하던 것을 실행에 옮기면 좋겠다는 생각을 했다. 전날 밤, 은세에게 내 생각을 전할 상상을 하면서 설렘에 잠을 다 설쳤다. 다음날 강의실에서 은세를 만났다.

"은세야. 우리 진짜로 유럽 미술관 여행을 떠나는 게 어때?"

좋아서 폴짝 뛸 줄 알았던 은세의 반응은 생각한 것과는 많이 달랐다. 표정이 급격히 어두워지더니 아랫입술을 씹으며 뜸을 들였다. 그리고는 한참 만에 대답했다.

"너랑 나랑 여행의 방향성이 잘 안 맞지 않았나?"

"그래? 어떤 점이?"

당황스러웠다.

"글쎄. 말로 하자면 복잡한데…"

"나는 다시 계획하면서 맞춰 가면 된다고 생각했는데."

"생각해볼게. 그런데 방학 동안 작업해야 할 게 많아서 바빠."

은세의 쌀쌀맞은 태도는 나를 몹시 무안하게 했다.

"그렇구나. 3학년 되면 졸업 전시 구상에 들어가야 한다고 네가 정말 바빠진다고 했잖아. 그래서 2학년 여름방학이 적기라 싶었고. 급한 감이 있으면 겨울방학에라도 다녀오면 좋을 것 같다는 생각에 제안한 거야."

멋쩍음을 애써 숨기고 은세에게 구구절절 이유를 늘어놓았다. 은세는 말 없이 입술을 씹어대고 급기야 오른쪽 다리를 떨었다. 곧 주머니에서 휴대폰을 꺼내 만지작거리다가 침묵을 끊고 자리에서 일어났다.

"나 선배가 작업 도움을 요청해서 학과실에 가봐야겠다. 갈게."

캠퍼스 잔디밭 벤치에 혼자 남겨졌다. 후끈한 바람에 잔머리가 얼굴에 어지럽게 엉겨 붙었다. 머리카락이 시야를 가렸지만 정돈하지 않고 그 자리에 오랫동안 덩그러니 앉아 있었다. 이후로 몇 차례 연락할 때마다 은세는 작업 때문에 도무지 시간 내기가 힘들다고 했다. 그리고 여름방학이 끝날 무렵 다시 한번 문자를 남겼다.

은세야. 많이 바빠? 방학이 가기 전에 얼굴 한번 보고 싶다. 유럽 여행 제안 이후로 우리, 뭔가 어색해진 것 같아. 네 얘기를 들어보고 싶어. 만나자.

답장을 기다리며 휴대폰만 들여다보고 있었는데 몇 시간 째 잠잠했다. 마음이 달았다. 은세의 답장은 늦은 밤이 되어서야 도착했다.

서진아. 솔직하게 말할게. 나 방학 동안 등록금과 재료비를 벌어야 해서 정신없이 바빴어. 아침부터 밤까지 서울 끝에서 반대편 끝까지 가로지르며 특강을 뛰고 과외를 다녀. 네가 말했던 유럽 여행은 나에게 꿈일 뿐이야. 미술학도가 미술사를 책으로만 배운다는 사실이... 진짜 부끄럽고 짜증 난다. 부족함 없이 사는 것 같은 네 앞에서 솔직한 내 모습을 보이기 싫었나 봐. 네가 공감할 수 없을 것 같았어. 한마디로 자존심이지. 남은 방학 잘 보내라.

은세의 짧고도 긴 문자에 어떤 답도 할 수 없었다. 나에겐 어떤 의미로 폭력이었고 우리 관계에 있어 일종의 이별 선언문 같기도 했다. 개강 후 강의실에서 마주쳐도 서로 데면데면 대했다. 그 학기 내내 친한 친구를 잃은 상실감에서 벗어나는 게 힘겨웠다. 은세는 하고 싶은 그림을 그릴 수 있었지만 경제적인 제약이 앞을 가로막고 있었다. 나는 경제적인 제약보다 하고 싶은 그림 자체를 금지당하고 살았다. 누구의 삶이 더 불행하다고 할 수 있을까? 우리가 친구가 된 순간부터 마지막까지 은세에게 나의 어려운 지점을 한마디도 꺼내놓지 못했다. 그 친구에게 나라는 사람은 현실 모르고 여행이나 운운하는 중산층의 사범대생으로밖에 보이지 않았을 것이다.

"빠짐없이 가지고 태어났고 그걸 잘 누리시는 것 같은데요. 좋은 부모, 좋은 직장, 좋은 가정."

주영이 남기고 간 말이 다시 맴돈다.

"치열하게 가정을 지켰던 것이 학대가 될 수 있나요?"

엄마를 변호하며 적개심을 숨기지 않았던 주영의 얼굴과 목소리가 생생하게 맴돈다. 지후 엄마의 어릴 적 환경을 생각하면 나에 대한 편견을 이해할 수 있을 것도 같다. 부모의 부재 속에 학업도 다하지 못할 만큼의 경제적인 어려움을 겪었다면 굳이 설명하지 않아도 고된 것이었으리라. 겉으로 드러나는 어려움이 있는가 하면 그렇지 않은 어려움도 있다. 그렇다고 일일이 어려움을 토로할 수도 없는 일이다. 어릴 때부터 온실 속의 화초 같이 자랐다는 말을 듣고는 했다. 맞는 말이면서 정확히 틀린 말이다. 글쎄, 사람들은 나의 몇 가지 단편들을 가지고 쉽게 온실 속의 화초라고 함부로 재단한다.

온실 속의 화초는 화초가 아닌가. 뿌리 내리고, 물을 당겨 올리고, 화학작용하고, 열매를 맺고, 병충해와 싸워야 한다. 바쁘고 처절하게 생을 연명한다. 사람들의 편견은 쉬이 던져지고 그것은 때로 잔인하게 꽂힌다. 갑자기 억울한 마음이 치밀어 오른다. 나라는 인간은 언제나 반발하는 법이 없었다. 그 때문에 은세를 잃은 것인지도 모른다. 주영의 오해에 적극적으로 해명하고 싶은 마음이 생긴다. 나의 상처를 낱낱이 드러내며 나도 당신 못지않게 괴로워하며 살았답니다. 하고 보여주고 싶은 충동이 인다.

주영 7.

　　　　　　　　서진은 영옥 씨의 상황에 대해 정
말 알지 못하는 것일까. 가장 가까운 사이에 쌓이는 오해가 이토록
견고할 수 있다니. 서진의 보조개를 생각한다. 떨리는 입가를 막으
며 당황스레 흔들리는 눈동자를 생각한다. 서진의 여윈 얼굴과 어
두운 낯빛이 자꾸 떠오른다. 영옥 씨는 서진에게 편지조차 하고 계
시지 않는 것 같다. 서진이 영옥 씨와 연락이 닿느냐고 물었을 때 통
화는 안 되지만 간간히 편지를 주고받고 있다고 이야기 했어야 했던
게 아닐까. 서진이 미우면서도 마음이 서진에게로 기운다. 용기가
필요하지만 서진을 좀 만나봐야겠다. 서진의 집으로 찾아가 초인종
을 눌렀다.

"서진 씨, 주영이에요."

"아, 네."

"차 한잔할 수 있을까요?"

"네. 들어오세요."

연락도 없이 갑작스러운 방문에 서진이 당황스러운 얼굴로 문을
열었다. 오랜만에 방문한 서진의 집은 영옥 씨가 있을 때와 딴판이
되어있었다. 후덥지근한 공기 속에 미미하게 음식물쓰레기의 냄새

가 났다. 집안이 빠짐없이 어질러져 있고 늘 보아왔던 온화하고 따뜻한 분위기마저 느껴지지 않았다. 테이블 위에는 먹다 남은 편의점 도시락이 흐트러져 있었고 맥주캔이 나뒹굴고 있었다. 나의 시선을 느낀 것인지 서진이 다급하게 움직였다. 소파에 널브러진 옷가지를 서둘러 거둬들이고 식탁 위에 먹다 남은 흔적들을 황급히 치워냈다.

"앉으세요. 주영 씨."

"네."

대답을 흘리고 거실로 가서 가족사진을 눈으로 훑었다. 여전히 행복이 넘쳐흘렀고 서진의 보조개는 빛이 났다.

"커피 드릴까요?"

"감사합니다."

서진이 테이블에 행주질을 하는 동안 거실에서 방으로 가는 복도 쪽 책장으로 향했다. 세계문학 전집과 한국문학 전집이 빽빽하게 꽂혀 있었고 현대소설도 빼곡히 들어차 있다. 며칠 전에 서진이 카페에서 했던 말이 생각났다. 다양한 인간사를 엿볼 수 있어서 책을 읽노라고. 다양한 인간사라... 인간사 안에 자신과 엄마의 삶은 포함되지 않는 것일까. 국어 선생으로서 많은 책을 읽고 학생들에게 문학을 가르친다면서 다른 이의 아픔에는 조금도 관심이 없는, 행복에 겨운 먹물이라고 느껴진다. 중학교 시절에 희로애락이 골고루 잡혔다 사라지는 이지혜의 얼굴이 생각난다. 그녀의 바이올린 연주 가락이 귓전을 스치며 예술과 삶 사이의 이질감에 구역질이 나려고 한다.

"요즘도 책을 읽으세요?"

"네. 짬이 날 때 읽죠."

"그러시군요."

분주하게 움직이는 서진을 흘긋 쳐다보고 결국 하고 싶은 얘기를 하고야 만다.

"어머니를 이해하려고 노력해 보셨어요?"

서진이 냉동실에 얼음을 꺼내다가 멈추고 섰다. 열린 문 사이로 차가운 김이 새어 공중에 희석되어 사라진다. 얼음 트레이를 싱크대에 내려놓고 내게 물었다.

"이해요? 누군가를 이해한다는 게 간단한 일은 아니죠. 삶은 문학이 아니니까요."

"엄마와 딸이잖아요."

"그래서요?"

서진의 물음에 당황하고 말았다.

"아무래도 가장 가까운 사이가 아닐까 해서요."

"모녀 사이도 철저한 타자랍니다."

"그렇군요."

얼굴이 확 달아올랐다. 무안했다. 그리고 나는 서진의 날을 세우고야 말았다. 이 대화를 얼른 마무리하고 싶었다. 감정 소진하려고 서진을 찾아온 것은 아니었기에. 서진은 말없이 커피머신의 버튼을 눌렀다. 작은 잔에 채워진 에스프레소를 얼음이 가득 찬 유리잔에 부어 아이스커피를 만들었다.

"아이스 맞죠?"

"네. 감사합니다."

커피 머신에 새로운 캡슐을 끼우고 버튼을 다시 한번 누르고 에스프레소를 받았다. 머그잔에 에스프레소와 뜨거운 물을 첨가해 아메리카노를 만들었다. 냉장고 아래 칸에서 포도를 꺼내 흐르는 물에 여러 번 씻었다. 오목한 접시에 담아 테이블 중앙에 놓고 앉았다. 냉랭한 분위기가 오래도록 무겁게 이어졌다.

"잘 마실게요."

"엄마를 잘 이해하신다고 했죠?"

서진은 커피잔을 응시하고 무표정한 얼굴로 물었다. 내 대답이 나오기 전에 서진은 다음 말을 이어나갔다.

"주영 씨에게 이해받기를 바라지는 않아요. 그런데 저도 제 이야기가 하고 싶어지네요."

서진은 뜨거운 커피를 조금씩 들이켜고 다시 이야기를 시작했다.

"우리 반 아이가 방학 전에 손목을 그었어요. 그 부모는 저를 직무유기로 경찰에 고발 했구요."

티는 내지 않았지만 적잖이 놀랐다. 덤덤하게 말을 이어가는 서진을 물끄러미 바라보았다.

"아이가 부모에 대한 반발로 자해를 택했는데요. 방법은 잘못 되었지만, 아이를 보며 나는 살면서 어떤 방법으로든 표현하고, 반발하고, 해명한 적이 있었는가 하는 생각이 들었어요. 아무것도 하지 않는 스스로가 어쩐지 바보 같다는 생각도 들고. 좀 억울하다는 생각도 들어요. 요즘은."

서진이 이야기하는 내내 커피를 한 모금도 들이키지 못하고 유리잔만 잡고 있었다. 서진은 작정한 사람처럼 독백을 쏟아내고 있었다.

"실은 그림을 그리고 싶었어요. 그러나 진로 결정을 제 뜻대로 하지 못했어요. 그래서 가장 쉬운 방법으로 책을 읽으며 도피처 삼았죠. 사람들이 겉과 속이 일치하지 않을 때, 이해할 수 없는 삶의 방식들을 목격할 때마다 책 속으로 도망을 갔어요. 그리고 문학 속에서 다양한 인간 군상들을 만나며 이해해 보려고 안간힘을 썼죠. 그런데..."

갑자기 서진이 말을 이어가지 못하고 손으로 황급히 입을 막았다. 경련이 시작되는 모양이었다.

"괜찮으세요?"

서진은 입가를 한참을 손으로 지그시 누르고 있었다.

"자꾸 왜 이러는지 모르겠어요."

과중한 스트레스일지도 모른다. 스트레스와 긴장으로 두피와 목, 어깨의 근육이 단단히 뭉쳐서 신경의 흐름을 방해하는 경우를 숱하게 보아왔다. 어깨와 목을 풀어주면 호전될 것임이 분명하다.

"자주 그런가요?"

"빈도가 늘어나네요."

"저... 서진 씨. 제가 마사지로 좀 풀어볼까요. 어머니한테 들으셨는지 모르지만 마사지관리사 일을 했었어요. 몸을 좀 만질 줄 알아요."

서진은 답하지 않고 머그잔을 만지작거리며 시선을 테이블에 두고 있다.

"부담스러우시다면 하루라도 빨리 종합병원에서 검진을 받아보세요. 그렇지만 경미한 정도는 검사상으로 찾아내기가 힘들 거예요. 저의 경험인데 마음과 근육을 우선적으로 다스리는 게 빠를지도 몰라요."

"말씀은 감사합니다만... 병원 예약을 잡아 볼게요."

더 이상 이야기하면 강요가 될 것 같아 물러서기로 했다. 좀 가라앉았는지 서진이 포도를 몇 알 떼어먹었다. 나는 침을 한번 삼키고 말을 꺼냈다.

"저, 드릴 말씀이 있어서 왔어요."

서진은 그제야 내 얼굴을 똑바로 바라보았다.

"실은 영옥 씨께 편지를 몇 통 받았어요. 서진 씨에게 말씀드려야 할 것 같아서 이렇게 찾아왔어요."

불안하게 머그잔을 만지작거리던 서진의 손동작이 일순간 멈추더니 이내 고개를 떨구었다. 서진은 어렵게 입을 열었다.

"어디... 계신가요?"

"제주도에 계세요."

"그렇군요."

서진은 생각에 빠진 채 반복해서 고개를 끄덕였다.

"왜 떠나셨나요?"

"글쎄요. 의중은 모르겠고 그곳에서 일상만 주로 써서 보내셨어요."

오랜 침묵이 흘렀다. 서진은 머리를 쓸어 올리고 머그잔의 손잡이를 엄지손가락으로 반복해서 문질렀다. 서진이 시선을 테이블에 고정한 채 말했다.

"엄마와 연락이 닿느냐고 물었을 때 왜 말해주지 않았나요?"

"그러게요. 저도 모르게..."

서진은 한숨을 내쉬며 머리카락을 귀 뒤로 넘겼다.

"괴로워하는 모습을 보며 어떤 생각을 하셨어요? 재미있었나요?"

"그런 거 아니에요."

서진은 피식 웃으며 말했다.

"그런 게 아니라면. 다 알면서 속으로 비웃고 있었나요?"

나도 모르게 목소리가 다급해지고 커졌다.

"아니요. 다만... 영옥 씨를 독점하고 싶었는지도 모르죠. 우리 엄마인 것처럼..."

물끄러미 나를 바라보는 서진의 시선이 느껴졌다. 고개를 들 수 없었다. 서진은 그리고 한참을 더 창백한 얼굴로 멍하게 앉아 있었다. 나는 차가운 커피를 한 모금 마시고 입을 뗐다.

"저, 그리고 사과할게요. 빠짐없이 다 가지고 있다고 했던 말. 지금도 여전히 틀린 말은 아니라고 생각하지만 그때 그 표현은 경솔했어요."

서진은 표정 없는 얼굴로 대답했다.

"비슷한 말 종종 들어왔어요. 그런데 온실 속에 사는 화초는 화초 아닌가요? 어쩌면 바람 한 점, 햇빛의 질감이나, 빗방울의 리듬감 같은 노지에서 매일 느낄 수 있는 그 흔한 것들이 그리워서 사무칠지도 모르죠."

서진의 말에 아무런 반박을 하지 않았다. 화초는 화초다. 무심히 밀고 지나가는 자동차 바퀴의 난도질에 다시 일어서고, 매캐한 매연을 이기고 겨우 맺히며, 누군가 이름조차 불러주지 않는 돌 틈의 잡풀보다야 훨씬 낫고 말고다. 논밭 사이에서 햇빛을 찾아 치열하게 흙을 밀고 나왔더니 농부의 거친 손길에 단번에 뿌리째 뽑히는 잡초. 그토록 갈망하던 햇볕에 바스락거리도록 말라가는 비운의 풀떼기에 비할 수 없다. 말해봤자 견해차만 확인할 뿐이니 그쯤 해두는 게 낫지 싶다. 절반쯤 남은 커피를 한숨에 비우고 자리에서 일어났다.

"커피 잘 마셨습니다. 서진 씨, 미리 말씀드리지 못해 미안해요."

서진은 생각에 잠긴 얼굴로 아무 말도 하지 않았다. 식탁 의자에 앉아서 꼼짝하지 않고 가벼운 목례만으로 나를 배웅했다.

잠이 오지 않았다. 영옥 씨의 편지를 꺼내 다시 읽어보고 필체를 어루만진다. 영옥 씨의 평온하고 우아한 얼굴을 생각한다. 사진 속에서 환하게 빛나던 서진의 보조개를 생각한다. 근래 창백한 얼굴로 희미한 보조개를 띄우던 서진을 생각한다. 시시때때로 비틀어진 웃음을 탄식처럼 내뱉던 서진의 얼굴을 생각한다. 서진에게 품었던 경멸의 순간들을 생각한다. 나는 어쩌면 내 어두운 역사에 대해 박탈감을 넘어선 우월감을 가지고 있었는지도 모르겠다. 내 과거를 잣대 삼아 타인의 고통을 재단하며 평가해 왔는지도 모른다. 어쩌면 그 옛날 오롯이 맑고 귀하기만 하던 이지혜에게도 적용되는 말일 것이다. 어린 나를 버리고 떠난 생사도 모르는 엄마에게도, 나의 20대를 고스란히 앗아가 버리고 돌아가신 아빠에게도 일방적인 잣대를 들이대고 열렬하게 증오를 쏟아 냈던 것인지도 모르겠다.

하얗게 각성된 밤을 헤매다가 자리를 털고 일어났다. 내일 서진에게 반찬을 좀 가져다줄까 싶었다. 냉장고를 열어 당장에 소화해 낼 수 있는 메뉴를 생각해 본다. 무와 북어를 간 마늘과 함께 들기름에 달달 볶아 물을 부어서 푹 끓여낸 북엇국을 한쪽에 식혀둔다. 연근을 식초 물에 한 번 끓여 그 물을 버리고 간장과 물엿 맛술을 넣어서 졸인다. 프라이팬에 냉동실에서 꺼낸 멸치를 볶아 수분을 날리다가 기름을 두른다. 멸치가 튀겨지듯 바삭해질 때 간장과 유자청을 둘러 잠깐 졸여낸다. 곧바로 가스 불을 끄고 깨를 뿌린다. 삶아 낸 감자와 달걀을 으깨 마요네즈와 설탕 소금을 넣어 버무린다. 미리 소금에 절여 수분을 뺀 오이를 종종 썰어 넣어 감자 샐러드를 만든다. 마무리된 것들을 반찬통에 곱게 담아 쌓았다. 튼튼한 손잡이가 달린 비닐 가방을 찾아 두었다. 서진에게 향하던 날이 선 질투와 화살처럼 쏟아지던 비난은 쉽게 사그라지지 않지만 좀처럼 챙겨 먹지 못하는 그녀와 민성이가 마음이 쓰인다. 영옥 씨의 마음으로 그녀를 굽어보고 있는지도 모르겠다.

서진 7.

　　　　　　　　　　지하철을 타고 민성이와 함께 서울
시립미술관에 갔다. 시청역에 하차해서 미술관 정문으로 향하는 덕
수궁 돌담길을 따라 걸었다. 어릴 때 종종 엄마와 이 길을 지나 시립
미술관에 들르곤 했다. 교사가 된 이후로 지금까지 미술관에 오지
못했다. 대학을 졸업하고 임용시험 공부에 매진했고 지난한 사투 끝
에 시험에 합격했다. 본격적인 교사 생활을 할 때는 여유가 없어서
미술관에 오지 못했다. 결혼 후에는 육아와 일 사이에서 더욱이 문
화생활을 누릴 여건이 되지 않았다. 실로 오랜만이다. 평일 오전 시
간은 여유로웠다. B 작가의 개인전이 열리고 있었다. 다섯 개의 섹
션으로 120여 점의 그림이 전시되어 규모가 있는 편이었다. 아이의
동선을 쫓아다니며 저지레를 막느라 그림을 자세히 보지 못했다. 민
성이를 데리고 밖으로 나와 야외 정원의 꽃과 나비를 한참 구경한
후에 아이는 전시관에 마련된 유모차에서 잠이 들었다. 그림을 제
대로 보기 위해 유모차를 밀고 처음부터 다시 전시를 둘러보기로 했
다. 몸은 깡말랐는데 출산을 겪어 배만 볼록하게 주름져 처진 여체,
볼품없는 자신의 몸을 허름한 화장실 거울에 비춰보고 있는 초췌한
여성, 보라색 융단 원피스를 입은 채 진하게 화장하고 노래방 마이

크를 들고 노래를 부르는 여인, 베란다에 쪼그려 앉아 손빨래를 하다가 창밖을 바라보고 있는 뽀글머리 아줌마, 목욕탕에서 폭력으로 멍든 몸을 무심한 표정으로 씻어 내는 아줌마. 마주보기 힘들 정도로 적나라한 표현은 사실적이어서 강렬했다. 또한 고독과 슬픔의 은유가 절절히 흘렀다. 작가는 자신과 한국 여성들의 삶의 궤적을 그리고 있었다. 수많은 그림 속에서 황량하게 메마른 나를 보았고 허무하게 홀로 서 있는 엄마를 만났다.

어릴 적에 엄마는 나를 데리고 자주 미술관을 찾았다. 예술의 전당이나 시립미술관에서 일 년에 한두 번씩은 열리는 해외 유명작가들의 전시부터 인사동이나 청담동에 소재한 소규모 갤러리의 신진 작가의 전시까지. 오빠와 달리 다리 아프다고 칭얼대지 않고 한 점 한 점 정성을 들여 그림을 살피는 내가 엄마는 기특하다고 했다. 다양한 색채와 표현을 보는 것이 즐거웠다. 그것은 말보다 강렬했고 몸짓보다 묵직했다. 내가 흥미롭게 느낀 전시라면 엄마는 기꺼이 도록을 사 주시곤 했다. 두꺼운 도록을 품에 소중히 안고 집에 돌아왔다. 지난 전시를 상기하며 몇 번이고 넘겨보았던 도록들은 내 방 책장에 차곡차곡 쌓여갔고 그것들은 미술에 대한 욕망에 불을 지폈다. 아름다운 것들은 어릴 때부터 나를 사로잡았다. 그중 빛과 그림자가 특히 나를 매료시켰다. 둘은 늘 함께했고 화합하면서도 정반대의 지점에서 싸웠다. 빛과 어둠은 선악의 대비가 아니었다. 그것들은 빠짐없이 아름다웠고 서로가 필연적인 것이었다. 그것을 평면에 구체

화하여 표현하는 것은 내게 어렵지 않았다. 어두운 것은 빛을 살리고 빛은 어둠을 돋보이게 했다. 이들의 관계는 흥미로웠다. 늘 밝고 행복한 것만 추구하는 엄마의 방식에서 그렇게 벗어나고 싶었는지도 모른다. 미대에 진학하고 싶었다. 이 집에서 멀리, 가장 멀리, 프랑스나 이탈리아로 유학을 떠나고 싶었다. 천정고가 높은 작업실을 얻어서 규모가 다양한 작업을 하며 밤낮으로 몰두하기를 소망했다. 전시회를 열고 다른 예술가들과 아름다움에 대해 열띠게 토론하고 싶었다.

고등학교에 들어가면서 화가가 되겠다고 선언했다. 그림 공부를 제대로 하고 싶다고 말한 그 순간에 집안의 분위기가 냉랭해졌다. 엄마는 더 이상 나를 미술관에 데리고 가지 않았다. 엄마는 문화센터에서 즐겨 배우시던 서양화 수업에도 나가지 않고 자신의 화구들을 정리해 내다 버렸다. 어느 날 학교를 마치고 돌아왔더니 내 책장이 깨끗하게 비어있었다. 그동안 모아왔던 미술 도록들을 엄마가 통째로 내다 버린 것이다. 엄마에게 처음으로 대들었던 것으로 기억한다.

"그림을 진지하게 대하는 내가 대견하다 했잖아. 엄마는 내가 그림을 좋아하는 것이 좋다고 했잖아."

입술을 굳게 다물고 창밖만 바라보고 있는 엄마를 향해 발을 동동 구르며 악을 썼다.

"왜? 왜 안 되는데?"

"얘, 좀 곱게 살면 안 되니. 글이나 그림이나 예술은 다 제 영혼 팔아가며 한다 했다. 내 딸 팔자 사납게 사는 꼴은 못 본다. 학교 선생하면서 결혼하고 아이 낳고 남편 사랑받으며 사는 삶이 얼마나 행복한 줄이나 아니? 그림이야 얼마든지 취미로 하면 되지."

예술을 소비하는 것은 되고 예술에 몸담고 생산하는 것은 안 된다는 엄마다. 엄마 기준에 창작은 고통을 기반해야만 탄생한다. 가르치는 일은 출산하고, 아이 키우고, 가정 생활하기에 적당한 여성의 직업이라 판단되었던 것이다. 돌이켜 보면 엄마가 원한 것은 내게 남편에게 사랑받는 여자의 조건을 갖추도록 하는 것이다. 그러나 엄마는 전제부터가 틀렸다. 사는 게 다 고통이 기반인 것을.

집에 돌아와 아이를 재우고 휴대폰으로 미술 강좌들을 기웃거리기 시작했다. 무엇이든 찾아서 움직여야 했다. 이 짙은 무기력에서 벗어나야 한다. 반응하고 반발하고 표현하고 해명하기 위한 방법을 찾아 나서야겠다. 문화센터, 미술학원, 작가 개인지도, 단기 워크숍, 대학원 과정까지 살폈다. 하나같이 수강생의 화려한 그림을 내세워 광고하거나 지도 선생님의 이력을 앞세우고 있었다. 대학원 과정은 좀 더 준비가 필요할 것 같고. 마지막으로 소마미술관 웹사이트에 들어갔다. 소마 미술관에서 개최하는 워크숍에 대한 소개 문장은 내 마음을 완전히 잡아끌었다.

- '결과보다 과정', '개념보다 상상', '완성보다 실험'에 초점
  을 맞춘 창조 작업.
- 모든 장르를 포함함과 동시에 장르의 구분이 없는 탈장

르적 개념.

　- 미완성의 아이디어뿐 아니라 완성된 작품에 이르기까지
　의 육체적, 정신적인 창조 활동의 모든 생산물.

　세 개의 문장을 읽고 또 읽었다. 이 텍스트는 나를 전율시켰고 잊
고 있었던 창작에 대한 욕망이 일게 했다. 상상하고 실험하는 과정
이라… 무기력하고 죄스러운 이 여름을 끝낼 수 있는 유일한 탈출구
가 될 것만 같다. 무엇에 이끌린 듯 수강신청하기를 눌러 인적사항
을 기입하고 계좌이체까지 완료했다. 3년 동안 여섯 학기의 과정인
데 일단 1학기, 6개월 동안 먼저 발버둥 쳐보기로 한다.

　최서진 님. 소마미술관 아트 워크숍에 신청이 완료되었습니다.

　알림 메시지를 받고 크게 심호흡했다. 이 괴로운 여름을 창작의
땔감으로 태워 날려버릴 준비가 되었다.

주영 8.

　　　　　　　　　　밤 11시경 서진으로부터 전화가 울
렸다. 갑작스런 벨 소리에 아이가 깰까 얼른 전화기를 들어 받았다.

"여보세요?"

"주영 씨, 저..."

이 시간에 서진이 웬일일까. 서진은 망설이는 서진에게 다급함이
느껴졌다.

"밤늦게 죄송합니다."

"아, 괜찮아요."

"저 부탁드려도 될까요."

서진은 쉽게 말을 꺼내지 못했다.

"말씀하세요."

"마사지요. 경련의 간격이 좁아지고 밤이 되면 더 심해요. 병원 예
약은 잡았는데 한 달 후 검진이 가능하다고 하네요. 지금 사실 좀...
겁이 나요."

서진의 목소리는 떨리고 있었다.

"지금 저희 집에 오실 수 있으세요?"

"네."

도움을 청하는 서진의 전화가 오히려 반가웠다. 서진의 전화를 끊고 거실 바닥에 얇은 요를 깔고 수건을 두 어장 준비했다. 찜질용 수건을 만들기 위해 물을 데워두고 오랜만에 마사지용 크림과 도구를 꺼내서 정비를 한다. 서진이 도착했다.

"밤늦게 죄송합니다."

"아니에요. 도와드릴 수 있어서 기쁘네요. 좀 어때요?"

"지금은 가라앉았어요."

"네. 상의를 벗고 여기 배를 대고 누우세요."

서진은 셔츠와 속옷을 벗어 조심스레 접어 두고 마련된 자리에 천천히 엎드려 누웠다. 하얗고 결이 고운 피부다. 크림을 어깨에 얹고 두텁게 펴 발라준다. 널찍한 도기질 도구로 등 전체를 쓸어내린다. 온몸에 힘이 들어가 있다. 급하게 달려온 데다가 내 앞에 맨몸을 드러내는 것에 대한 긴장일 것이다.

"서진 씨, 긴장을 내려놓으세요. 그러지 않으면 저도 힘에 부치고 서진 씨에게도 좋을 게 없어요."

"네."

서진의 목소리가 둔탁하게 이불에 고인다. 주먹을 쥐고 볼록 솟은 네 개의 손가락뼈로 목과 등 전체를 쓸어내린다. 모세혈관들이 불꽃처럼 발갛게 터졌다가 소멸한다. 목의 측면을 타고 어깨 세모근의 경사를 반복해서 오르고 내린다. 단단히 얼었다. 서진의 어깨는 겨울의 땅속처럼 얼어붙었다. 빠짐없이 다 가진 것만 같았던 여자의 몸은 어떤 사연으로 이렇게나 오랜 겨울일까. 오른쪽 어깨 중앙에 무거운 가방끈이 만져진다.

"이제부터 가방은 왼쪽으로 메세요. 오른쪽이 너무 고생했네요."

서진은 아무 대답도 하지 않았다. 어깨에서 견갑골을 쓸어내리며 척추를 타고 내려간다. 곧지 못해 좌측으로 왜곡되었다. 견갑골 아래에 머무르면서 내부에 고인 고통의 역사를 읽어낸다. 하얗고 부드러운 살갗 아래 사연이 묵직하게 내려앉아서 단단히 굳었다. 위 신경이 지나가는 자리에서 잔뜩 부어있는 위를 읽을 수 있다. 볼품없는 근육의 상태는 전무한 운동의 역사를 대변하고 있다. 근육을 감싸고 있는 근막이 단단하다. 근육만큼 물렁물렁해야 마땅할 근막이 질기게 엉겼다는 것은 서진의 오랜 마음의 경직을 이야기한다.

"그만 놓아줘요. 자신에게 박하게 하지 말아요."

나도 모르게 말이 툭 하고 나와 버렸다. 무심하게 내뱉어지는 근거 없는 참견에 그 대상자는 언제나 반발하는 법이 없었다. 오늘도 마찬가지다. 서진은 여전히 대답 대신 침묵을 택한다. 근육이 움직이는 대로 근막이 유연하게 따라가 줘야 하는데 이 둘은 연대가 끊긴 지 오래다. 근육과 근막의 부조화는 결코 건강한 것이 못 된다. 다시 크림을 얹어 바르고 부드럽게 목을 타고 올라간다. 좌측 목의 경직이 심상치 않다. 목과 머리의 경계부, 턱 아래 옴폭 파인 골에 지긋이 머무른다. 귀 뒤의 다양한 굴곡들을 어루만진다. 단단히 막힌 림프의 순환을 열어주려고 애를 쓰지만 한 번의 터치로 가능한 영역이 될 수 없다. 나의 노력만으로 되는 것도 아니다. 스스로가 깨닫고 마음을 풀어줘야 비로소 가능하게 된다. 서진을 앞으로 돌아눕

게 하고 앞가슴에 수건을 덮어 주었다. 오목조목 매력적인 얼굴이다. 감은 두 눈이 파르르 실처럼 떨리는 것을 응시하며 뒷목을 쓸어서 두피로 올라갔다. 두피 역시 좌측이 부어있다. 그 부위에서 부드럽게 오래 머물렀다. 손에 힘을 빼고 섬세하게 만진다.

"스트레스가 심하네요."

서진의 감은 눈에 파르르 파동이 인다. 귀에서 입가까지 연결된 얼굴의 왼쪽 근육을 조심스레 만져서 읽는다. 오른쪽과 함께 비교해 부드럽게 눌러주며 말했다.

"여기, 연결 부위가 오른쪽과 달리 질긴 것이 느껴지세요?"

서진은 천천히 입을 뗐다.

"네. 신기하네요."

"흐름이 원활하지 않은 것 같네요. 앞으로 지속적으로 풀어줘야 해요."

서진에게 복부 호흡을 몇 번 권했다. 깊이 들이쉬고 빠짐없이 내쉬고. 들이쉬고 내쉬고. 따뜻한 물에 적신 수건의 물기를 짜내고 서진의 상체를 일으켜 목과 등을 닦아 주었다. 사십 분이 훌쩍 흐르고 내 이마와 콧잔등에 맺힌 땀을 닦아냈다. 미지근한 매실차를 앞에 두고 우리는 마주 앉았다.

"밤에 경련이 더 심하셨을 텐데요."

"맞아요. 밤에 깊은 잠자리에 들지 못하고 선잠 상태에서도 입가가 떨리더라구요. 너무 두려웠어요."

"오늘 밤 다시 한번 지켜보세요. 병원 검진이 한 달이나 남았으니 그동안 몇 번 더 풀어주면 어떨까 하는데요. 제 생각엔 일주일에 두 번 정도가 적당할 것 같아요. 한 번 매만지는 것은 안 하는 것만 못해요."

"그런가요?"

"네, 부담가지시지 말고 제게 맡기세요."

"말씀만이라도 감사합니다."

서진의 성격상 분명한 사양일 것이다.

"진심이에요. 서진 씨. 지속해서 몇 차례 더 만져 줘야 해요."

"네."

서진은 한참 잔을 만지작거리더니 시선을 올려다보며 말했다.

"주영 씨. 귀한 능력을 가지셨네요. 몸을 만져서 사람을 꿰뚫어 보는 듯한... 마치 몸을 읽고 있는 것 같아요."

"감사해요."

몸을 읽는다. 라는 표현이 새롭고 듣기 좋았다. 내가 하고 있는 일이 더 특별해지는 것 같다고 할까. 서진의 칭찬에 소싯적에 꾀 잘 나갔었노라 으스대며 함께 웃었다.

"그런데, 무슨 생각이 그렇게 많으세요? 두피부터 목을 타고 내려와 어깨까지 너무 뭉쳐서 놀랐어요."

"이제 생각만 하지 않고 표현 하려구요."

서진은 셔츠의 단추를 만지작거리다가 멈추고 물끄러미 나를 바라보았다.

"저 다음 학기부터 당분간 휴직해요. 그리고 그림을 그려 보려고 합니다. 어제 미술관에서 주관하는 수업에 등록했어요."

서진은 보조개를 띄우며 웃었다.

"그렇군요. 축하해요. 그동안 육아와 병행하시느라 힘드셨을 텐데 좋은 소식이네요. 저는 9월부터 일하러 나가요. 지후도 좀 키워놓았으니 일하러 나가야죠."

"축하해요. 다시 일하게 되신 거."

냉장고의 밑반찬을 챙겨서 서진에게 건네주었다. 어젯밤에 만들었는데 어떻게 전해야 할지 망설이고 있었다고 말했다. 신세 지는 것 아니냐며 선뜻 받아들지 못하는 서진의 손에 반찬을 들려주고 어깨를 억지로 돌려서 문을 나서게 했다. 서진이 머리를 귀 뒤로 넘기며 고맙다고 수줍게 웃었다.

그동안 샵에서 삶의 무게에 눌린 수많은 몸을 만나왔다. 모두 제각각의 역사와 사연을 살갗에, 근막에, 근육에, 신경에 켜켜이 쌓으며 살고 있음을 나는 누구보다 잘 알고 있다. 그런데 왜 서진의 역사는 함부로 판단했던 것일까. 살은 그이의 역사이고 마음이다. 마음이 살에 반영되고 살이 마음에 작용한다. 한 사람의 수십 년의 세월 앞에서 경건함을 잃지 말아야 할 이유를 다시 한번 새기는 밤이다. 서진이 나간 자리를 정리하고 잠자리에 들었다. 간만에 깊은 잠 속으로 빠져들었다.

서진 8.

주영에게 몸을 내맡길 생각은 전혀 없었다. 살면서 마사지는커녕 동네 목욕탕에서 세신을 받아 본 경험도 없다. 맨몸을 드러내고 타인 앞에 맡긴다는 것 자체가 내겐 상상할 수 없는 일이었다. 게다가 주영에게 왠지 폐를 끼치는 일 같았다. 그런데 어젯밤 입가의 요동은 정도가 심했다. 간격도 눈에 띄게 줄은 데다 오래도록 멈추지 않는 데 대하여 갑자기 두려움이 밀려왔다. 혼자 감당해낼 수 없었다. 아이는 곤히 자고 남편도 거나하게 취해서 들어와 일찌감치 잠든 집은 의지할 데 없이 오롯한 혼자였다. 입가의 살은 무엇을 호소하는 것일까. 어떤 것을 선언하는 걸까. 무섭다. 그때 주영밖에 떠오르지 않았다. 늦은 밤에 민폐를 무릅쓰고 전화를 걸었다. 주영의 차분한 목소리는 요동치는 내 마음을 가라앉혔다. 주영의 손길은 신묘했다. 부드럽게 미끄러지며 다독이다가도 묵직하게 머무르다가 어루만졌다. 고여 있던 탁하고 딱딱한 응어리를 달래어 온몸에 고루 희석되도록 했다. 한쪽으로나 한 곳으로 치우침 없이 균형을 잡으려는 손길이었다. 특히 입가와 얼굴의 근육을 만질 때는 특별히 조심스러웠다. 보드랍고 섬세하게 살피는 손길이 여리고 달았다. 그 손끝으로 피부를 만져서 몸 안의 것들을 읽어 내고 마음의 상태까지 꿰뚫어 본다니 놀라운 일이 아닐 수 없다. 나른해진 몸으로 집에 돌아와 침대에 눕자마자 깊은 잠에 빠졌다. 간만에 한 번도 깨지 않고 아침을 맞았다. 개운한 아침에 새삼 감사를 느끼며 주영이 안겨준 반찬 꾸러미를 꺼내 풀었다. 엄마가 떠날 때 준비해준 반찬이 소진되고는 첫 집밥이다.

"할머니가 반찬 해주고 갔어?"

아이의 무구한 질문에 웃음을 터뜨리고 말았지만 곧 마음이 쓰렸다.

"지후 엄마가 민성이랑 먹으라고 맛있게 만들어 주셨어. 엄마도 연습해서 맛있는 밥 만들어 줄게."

아이는 웃었다. 민성이는 갖은 반찬과 함께 밥을 맛있게 먹어주었고 나 역시 오랜만에 밥 한 공기를 끝까지 비우며 만족스러운 식사를 마쳤다.

9월이 시작되었고 소마갤러리의 첫 드로잉 수업에 참석했다. 한국예술종합학교의 M 교수님이 수업에 대한 소개를 열었다. 희끗희끗한 스포츠머리에 동그란 뿔테를 쓴 중년 남성이 앞에 서 있다. 감색 린넨 재킷과 발목이 드러나는 9부 팬츠를 셋업으로 입고 검정색 스니커즈를 신었다. 눈빛이 강렬한 가운데 어딘가 어린아이와 같이 개구진 빛깔도 감돌았다.

"이 수업은 미술의 기법이나 지식을 전수하는 시간이 아닙니다. 문화예술의 기본 틀을 마련하기 위한 과정입니다. 지금 우리에게 필요한 것은 단지, 창의적 사고와 열린 마음입니다. 어른이 된 우리에게 쉽지 않은 것들이죠. 하지만 갈구하고 갈망해야 합니다. 흘러가는 것들을 놓치지 않고 캐치해야합니다. 그런 과정을 통해 우리 삶의 문제를 적극적으로 해결 할 수 있기를 바랍니다."

중년남성으로서 흔히 볼 수 있는 외관이 아니었기에 낯설기도 했지만 곧 편안함을 느꼈다. 격식을 갖추고도 자유스러운 멋이 흐르는 분위기가 좋았다. 이 수업의 방향성에 대해서도 충분히 수긍이 갔다. 6개월 동안 함께할 학인들의 자기소개가 이어졌다. 20대 후반으로 보이는 아가씨가 인사를 시작했다.

"안녕하세요. 저는 디자인을 전공했는데 그림책 작가가 되고 싶어서 이 수업을 찾아왔습니다. 입시 그림을 배워서 대학에 붙었지만 틀에 박힌 그림말고요. 진짜 그림을 그리기 위해 여기 왔습니다. 잘 부탁드립니다."

기품 넘치는 중년의 부인이 소개를 이어 나갔다.

"저는 예술에 워낙 관심이 많습니다. 이십여 년 동안 서양화, 동양화, 도예 등 미술 관련 문화센터를 섭렵했는데요. 더 수준 있는 수업을 원해 갤러리 워크숍에 참여하게 되었습니다."

다음은 나보다 연배가 있어 보이는 젊은 엄마였다.

"안녕하세요. 초등학교 저학년인 딸이 미술을 전공했으면 해서요. 이 분야에 대해 더 알기를 원해서 이곳을 찾게 되었습니다. 잘 부탁드립니다."

40대 여성이 자기소개를 시작했다.

"미술을 전공하고 싶었는데 당시 집안 형편 때문에 일반대학에 진학했었어요. 지금은 수학학원을 운영하고 있습니다."

대학생으로 보이는 유일한 남자가 자리에서 일어났다.

"저는 공대생인데요. 음악과 미술에 관심이 많고 현재 학과 공부는 포기했구요. 뒤늦게 그림에 소질이 있는 것 같아 이렇게 찾아오게 되었습니다."

마지막으로 내 차례였다. 나는 긴장하고 있었다. 30여 명의 학생 앞에서 말하는 것이 직업이지만 10명 내외 낯선 사람들이 모인 자리에서 간단한 자기소개가 매우 어렵게 느껴졌다.

"안녕하세요. 최서진이라고 합니다. 저는 국어 교사인데 현재는 휴직상태입니다. 그동안 속에 있는 것을 표현하지 못하고 살았는데요. 마음에 더 깊은 병이 들기 전에 꺼내어 표현하고자 이 클래스에 참여하게 되었습니다. 실은 아까 교수님이 수업 소개를 하시는데 눈물이 날 것 같아서 당황했습니다. 이유는... 저도 잘 모르겠고요. 앞으로 많이 생각하고 잘 표현하는 시간이 되기를 바랍니다. 감사합니다."

벌겋게 부은 내 눈을 보며 고개를 끄덕이던 사람들이 이유를 잘 모르겠다는 대목에서 하하하 하고 웃음이 터졌다. 교수님이 다시 마이크를 잡았다.

"다양한 나이대와 배경을 가지신 분들이 모여서 이루어 낼 시너지가 기대됩니다. 자신의 작업도 중요하지만 여러 사람과 작업물에 대해 토론하고 나누는 시간도 굉장히 중요하거든요. 자, 첫 시간이니 가벼운 드로잉으로 시작하겠습니다. 자기 자신을 그립니다. 여러

분 앞에 콩테 한 자루와 도화지를 나누어 드리겠습니다. 낯선 재료와 표현일지도 모릅니다. 그렇지만 상관없습니다. 어떤 정답도 없습니다. 정답이 있다면 여러분 안에 있겠죠. 자, 자신을 표현해 보시기 바랍니다."

조교가 와서 책상 앞에 도화지 한 장과 콩테를 나누어주었다. 종이의 한쪽 귀퉁이에 콩테를 그었다. 거칠지만 부드럽고 약하지만 강하다. 마찰감에서 지금껏 다루어본 필기구와는 확연한 차이를 보인다. 선의 굵기와 명도를 느껴보았다. 악력에 예민하게 반응한다는 것은 과감할수록 유려한 표현이 가능한 재료일 테다. 망망대해처럼 펼쳐진 4절 도화지 앞에서 잠시 눈을 감았다. 아까 그 눈물의 의미는 뭘까. 어떤 지점이 내 안에 고여 있던 것을 터져 흐르게 했을까. 예민하게 관찰하고 창의적으로 사고하고 그것을 잘 표현한다면 삶의 문제를 해결할 수 있을까. 결과가 아닌 그 과정이 나를 바로 세울 수 있을까. 그렇다면 그것은 내게 절실한 문제다.

먼저 떨리는 입을 화지의 중심에 그린다. 입가에서 잡아당겨지고 파르르 떨리는 끔찍한 파동들이 종이 위에 그려진다. 콩테가 지나간 자리에 작고 여린 선들이 어지러이 겹쳐진다. 미묘하고 징그러운 그 파동들은 어디에서 왔는가. 어지럽고 복잡한 마음에서 시작된 것이리라. 가슴으로 내려간 선은 다시 어수선하게 엉키고 겹쳐지고 이어진다. 손가락과 손목에 점점 힘이 실리는가 싶더니 탁, 점을 찍으며 콩테 끝이 부러진다. 아랑곳하지 않고 이어간다. 부러진 자리가 날카로운 선을 생산하다가 점차 무디게 이어진다. 다시 입에서 출발하여 이번엔 머리로 올라간다. 실타래처럼 꼬인 선들이 까맣게 머릿속을 메워 간다. 멀리 떨어져서 내 그림 전체를 살펴보았다. 입인지 가슴인지 머리인지 구분 없이 까맣게 꼬이고 어지러이 겹쳐진 선들은 형태가 없다. 몰입의 시간이 화살처럼 흐르고 교수님이 사인을 보냈다.

"자, 천천히 마무리해주세요. 오 분 후에 벽에 걸고 함께 나누는 시간을 가지겠습니다."

같은 종이에 같은 재료를 사용했지만 열두 장의 그림은 모두 달랐다. 화지의 일부에 아주 작게 표현된 그림, 그림을 배운 사람인지 사실적인 묘사가 남달랐던 그림, 만화처럼 사람을 그리고 말풍선을 넣어 표현한 그림, 꽃과 나비로 채워진 그림, 나무 한 그루와 여러 갈래로 뻗은 가지를 그린 그림. 폭포 같은 물을 표현한 그림. 역시나 배운 사람들의 그림은 기술과 기교가 달랐다. 교수님은 걸린 그림을 찬찬히 둘러보고 한 사람씩 자신의 그림에 대한 간단한 설명을 부탁한다고 했다. 내 차례가 되었다.

"이 그림은 얼굴의 잦은 경련에서부터 시작했습니다. 이 무섭고 징그러운 파동이 어디에서 오는가를 생각했고, 마음과 생각에서 온 것들을 선으로 따라갔습니다. 복잡하게 엉킨 선, 파동, 꼬임. 이게 나입니다."

정적이 흘렀다. 긴 침묵 동안 교수님은 팔짱을 낀 채로 그림을 계속해서 응시하시고는 말했다.

"좋습니다. 입시 미술이나 강습을 받은 경험이 전무 해 보이는군요. 어떤 경로로든 그림을 배운 사람들은 그 틀을 벗어나기 위해 무진 애를 씁니다. 결국 벗어나지 못하는 사람들도 많이 보아 왔고요. 그런데 이 그림은 말 그대로 날 것의 표현이죠. 표현의 욕구가 굉장히 강렬하게 느껴집니다. 굉장히 반갑습니다. 긴말보다는요. 그저... 에... 앞으로가 기대됩니다."

날 것의 표현이라. 교수님의 짧은 평은 내 가슴을 설레게 했다. 수업을 마치고 집으로 돌아오는 길에도 부풀어 오른 마음이 쉽게 진정되지 않았다.

주영 9.

달력이 한 장 넘어가면서 여름의 기세도 한풀 꺾인 기분이다. 출근을 며칠 앞두고 있는데 서진이 집에 잠깐 찾아와서 손에 쥔 것을 무심하게 내밀었다. 화장품 브랜드의 로고가 찍힌 작은 쇼핑백이었다.

"주영 씨. 곧 첫 출근이잖아요."

박스에 리본을 풀고 내용물을 꺼냈다. 립스틱이었다. 뚜껑을 열어 색상을 확인했다. 선명한 선홍빛에 보기만 해도 기분이 좋아졌다. 검은색 단순한 케이스에 흰색 로고가 딱 하나 박힌 디자인이 고급스러웠다.

"고마워요."

갑작스러운 선물에 당황했지만 입가에서 실실 새는 웃음을 어찌할 수 없었다.

"사회복귀 축하해요."

"저, 차 한잔하고 가세요."

"아니에요. 가 봐야 해요."

서진은 머리카락을 귀 뒤로 넘기며 말했다.

"서진 씨, 첫 월급 타면 밥 한 끼 해요."

서진의 보조개를 마지막으로 확인하며 현관문을 닫았다. 아무 생각 않고 있었는데 서진이 건넨 립스틱을 보면서 출퇴근길을 떠올려본다. 나를 위한 투자가 절실하긴 하다. 몇 년간 아이를 키울 때 입던 늘어난 옷가지로 일터에 나갈 수는 없는 노릇이니까. 내친김에 인터넷으로 청바지와 블라우스를 주문했다. 저렴한 핸드백과 굽이 낮은 구두도 하나씩 주문하고 곧장 동네에 있는 뷰티 로드샵에 가서 콤팩트와 색조 화장품을 몇 가지 샀다. 첫 출근하는 아침에 새 옷을 입고, 새로 산 화장품으로 단장하고, 서진이 선물한 립스틱을 발랐다. 거울 앞에 오래 머무르는 내게 지후가 다가와 다리를 와락 껴안으며 말했다.

"엄마 예뻐. 예쁜 엄마 좋아."

아이를 유치원 버스에 태워 보내고 출근 버스를 기다렸다. 백팩을 메고 핸드폰을 들여다보는 대학생, 정장을 차려입고 빨갛게 충혈된 눈으로 하품을 하는 중년의 남자, 가벼운 재킷을 갖춰 입은 삼십 대 여자, 버스정류장은 집을 나서 어디론가 가기 위한 사람들로 북적였다. 집에서 30분 거리의 일터까지 가는 동안 별스러운 것 없는 거리를 보는 것이 좋았다. 버스에 앉아 조는 사람들, 양쪽 엄지를 바쁘게 움직이며 휴대폰으로 메시지를 주고받는 사람들, 머리를 맞대고 이야기 나누는 연인, 평범한 세상의 장면들이 모두 새롭게 다가왔다. 중간에 콤팩트를 꺼내 거울로 얼굴의 화장이 번지지 않았는지 두어 번 확인했다. 간만에 느끼는 적당한 긴장이 온몸에 활력을 불러일으킨다. 낯설고도 익숙한 이 느낌.

주영아.

그동안 연락이 뜸했구나. 그간에 보내 주었던 편지 잘 받아보았다. 제 때 답은 못 했지만 힘겨울 때 많은 보탬이 되었구나. 내가 친구 잘 둔 덕을 톡톡히 보았지. 제주에 와서 며칠 이곳의 풍광을 즐기고는 그 이후엔 이 낡은 육신을 좀 보살피느라 경황이 없었다. 답장을 못 한 것에 대한 너그러운 이해를 바란다. 이제 몸은 많이 좋아졌으니 걱정은 접어 두어라.

이 편지가 도착했을 즈음 주영이는 새 출근을 시작했으려나? 새로운 직장은 어떤지 궁금하구나. 점주가 야박하게 굴지는 않는지. 손님들이 무례를 일삼아 네 마음고생을 시키지는 않는지. 체력은 견딜 만한지. 지후가 일하는 엄마에 대해 잘 적응하는지. 모두가 궁금하구나. 지금처럼 한 길을 가다 보면 네 사업체를 꾸리고 건실하게 운영하여 번창할 날이 머지않을 것 같다. 근면하고 진정성 있게 사람을 대하는 너를 보면 늙은 이 예감이 틀리지 않으리라고 확신한다.

주영아, 혼란스럽고 아플 때마다 너를 통해 위로를 받았다. 너를 보면 진짜를 사는 것 같았다. 아프면 아픈대로, 부족하면 부족한대로, 좋으면 좋은 대로, 표현하고 구하고 채우고. 너의 그런 면을 사랑하고 동경했다. 어쩌면 나에게 꼭 필요한 부분이 아니었던가 한다. 그런 너를 그리워하며 나의 앞으로 나아갈 길에 대해 생각하고 또 생각한다.

다시 편지하마.

8월 28일

from. 윤영옥

"아우..."

손님이 내뱉는 탄식에 바쁘게 움직이던 손을 즉시 멈추었다. 어디가 불편하신가 싶어 긴장 상태로 손님의 다음 말을 기다린다.

"자기... 손맛이... 예술이다."

속으로 안도의 한숨을 쉬었다. 중년의 여성이 내 앞에 등을 내밀고 누워있다. 입술을 거의 떼지 않고 뱉어내는 말은 나른하게 늘어져 천천히 내게 꽂힌다. 묵직하게 가라앉는 가운데 입술 사이로 힘겹게 꺼내 올리는 이 같은 칭찬들은 일상적으로 나누는 말과는 다른 형태로 내 마음을 울린다.

"감사합니다."

어느 바닷가 햇볕에 잘 태닝 한 것 같은 구릿빛 피부색이 이국적이다. 크림을 듬뿍 얹어 펴 바른다. 등의 한 가운데 선명한 비키니라인을 응시하며 부드럽게 마사지한다.

"자기, 새로 왔지?"

"네."

손님은 목에 힘을 세우고 입을 열어 또박또박 묻는다. 본격적인 대화를 할 태세다.

"말수가 적네?"

"아, 좀 지루하시죠? 죄송해요."

"아니. 묵직한 게 좋아."

마사지 샵에 몸만 풀러 오는 경우는 거의 없다. 대게는 입도 풀고, 속도 풀고, 청자인 나의 인생사마저 풀어내고야 만다. 마사지 중간에 손님의 성향을 보아가며 손님의 사정을 잘 이끌어내고 동조의 의미로 나의 개인사도 적절히 풀어내야 하는데, 여태 내겐 쉽지 않은 일이다. 그런 유연성은 배움과 노력으로 되는 영역이 아닌 것 같다.

"전엔 어디 있었는데?"

"아이 낳고 키우느라 집에 있었어요."

"으응. 그랬구나."

손님이 왼쪽 뺨을 대고 얼굴을 베드에 기대며 깊은 한숨을 내쉰다.

"남편 벌어다 주는 돈으로 애 키우고 살림하지 뭐 하러 나왔어."

공허한 웃음으로 응답하는 수밖에 없다.

"하긴... 이렇게 아까운 재주를 썩히면 나 같은 사람은 어째?"

"저도 일해야죠. 할 줄 아는 게 이건데요."

맨몸을 내어놓은 상황에서 체면치레와 매너 따위도 함께 벗어버리는 경우가 많다. 교양과 배려는 서비스 제공자에게까지 적용될 리 만무하다. 중년의 나이가 무색할 만큼 운동으로 다져진 몸이다. 다양한 시술로 매끈하게 관리된 신체다. 그러나 몸속 구석구석에 고인 아픔들이 짚어진다. 목덜미부터 척추를 타고 내려와 견갑골 아래 근막과 신경들을 따라간다. 심상치 않다.

"간과 폐가 안 좋으시네요."

"어떻게 알았어? 술 담배 다 나오나 보네. 흐흐흐흐"

손님은 웃음을 흘렸다. 예상대로였다.

"위도 부어 있어요."

"응. 마음이 지옥인데 소화가 될 리가 있나."

128

"술, 담배를 좀 줄일 필요가 있으세요."

"알면서도 안 되지. 잘 될 것 같으면 여길 오겠어? 안 그래?"

"그렇죠. 그래도 몸 생각하셔야죠."

여인은 다시 노곤하게 침대로 녹아들 모양이다. 말수가 줄고 온몸에 긴장이 늘어진다. 최선을 다해 만지고 읽는다. 내 몸이 후끈해지고 아침에 정성스레 다독였던 화장품이 배어나는 땀에 흐려지는 기분이 든다. 뜨거운 수건을 툭툭 털어 한 김 식힌 후에 등에 얹었다. 등 전체를 체중을 실어 눌러준 후 목과 어깨, 허리까지 크림을 닦아낸다. 마지막에 손바닥을 모아 공기층을 만들고 모서리로 탁탁 어깨를 두드린다. 잠든 줄 알았던 손님이 다시 늘어지게 입을 열었다.

"자기야."

"네."

"나중에... 자기 샵 내면... 꼭 나한테 연락해."

고용된 지 한 달도 채 안 된 시점에 이런 이야기를 듣고 어떻게 대답해야 할지 몰라 그저 배시시 웃고 말았다. 여인은 상체에 힘을 주어 들어 올리고 고개를 반쯤 돌려 나를 바라보았다. 풍성하게 붙은 인조 속눈썹이 아래위로 부채질을 하며 팽팽하게 부푼 입술로 힘주어 말한다.

"어머, 웃기는.... 진짜야. 기억해 둬. 연락하는 거."

"네."

"한 번을 만져도 내가 촉이 살아서 다 안다구."

"감사합니다."

"다음부터 담당자 자기로 바꿔 달라고 할게."

"네. 알겠습니다."

손님은 비로소 제자리로 돌아와 얼굴 마사지를 위해 앞으로 돌아누웠다. 오늘은 총 네 사람분의 몸을 돌보았다. 퇴근길 버스에 녹초가 되어 올랐다. 다행히 하나 남은 좌석을 잡아 털썩 주저앉았다. 샵을 내면 꼭 연락하라던 손님의 말을 떠올리고 실실 웃음이 샜다. 아직 힘든 노동에 몸이 적응하지 못해 집으로 돌아가는 버스에 오르면 긴장이 풀리면서 기진맥진해 버린다. 차창에 머리를 기대고 버스의 진동을 느낀다. 몸은 힘들어도 기분이 좋다. 지후를 만나서 두 팔 벌려 껴안고 볼을 부비고 나면 금세 에너지가 충전될 것이다.

집에 돌아와 아이와 화려한 재회식을 치르고 저녁을 해다 먹이고 책을 읽어주며 재웠다. 조용히 홀로 된 시간에 그저께 도착한 영옥 씨의 편지를 다시 꺼내 읽었다. 친구를 잘 둔덕에… 이 문장을 보고 슬슬 웃음이 났다. 그렇다. 영옥 씨를 통해 부재했던 엄마를 더듬어 찾고 있었는데 우리는 어느새 친구가 되어 있었다. 영옥 씨는 엄마가 될 수 없다. 영옥 씨와 서진을 통해 가족이라는 것에 대해 생각한다. 마냥 동경하기만 했던 모녀 관계에 대한 판타지도 일정 부분 정리가 된 셈이다.

영옥 씨는 내게 새로운 과제를 던져주었다. 내 사업체라… 한 번도 생각해 본 적 없는 일이다. 어쩌면 아주 먼 일이라고 생각했는지도 모르겠다. 어릴 때 입문해서 기술을 익히고 열악한 환경에서 처신하는 법을 배우고 눈 밖에 나지 않으려고 버텨왔다. 작은 업장을 내 손으로 차려서 운영한다는 생각은 하지 못했다. 왜 그토록 수동적인 삶이었을까. 돈을 착실히 모아서 아파트 상가에 저렴한 월세만 얻을 수 있다면 불가능한 일도 아니다. 집 가까이에 지후를 돌볼 수 있으면서 내 작업 공간이 생긴다고 생각하니 벌써부터 가슴이 설레었다. 서진이 내 손길을 가리켜 '몸을 읽는다'고 표현한 것을 떠올린다. 자긍심이 솟아오르는 표현이다. 편지를 내려놓고 열 손가락을 바짝 펴보았다. 짧고 울퉁불퉁한 내 손가락들을 자세히 살펴본다. 이 손으로 해내는 일이 아주 특별한 것처럼 느껴진다. 그동안 나이에 비해 일찍이 거칠어지고 못난 손을 미워했다. 남들이 대학을 다니며 용돈 벌이용 아르바이트를 할 때 나는 아빠의 병원비를 벌기 위해 이 열 손가락을 바쁘게 움직여왔다. 그리고 15년. 나는 타인의 몸을 읽을 수 있는 귀한 손을 가지게 되었다. 이 못난 손으로 아이를 길러내고 밥벌이를 할 수 있음이 얼마나 감사한 일인지에 대하여 새삼스레 생각한다. 다가오는 주말에 서진에게 밥을 먹자고 할까? 맛있는 것을 함께 먹고 싶다.

서진 9.

                                    토요일 오전이었다. 남편이 담배를 피우고 올라 온 길에 몇 가지 고지서와 무게감 있는 빨간색 편지 봉투를 함께 건넸다. 프롬 윤영옥.

"장모님 제주도에 계신가 봐?"

남편의 물음에 아무런 대꾸도 할 수 없었다. 말없이 편지만 응시하고 있는 나를 흘긋 바라보더니 운동 다녀오겠다며 자리를 피한다. 대답도 하지 않고 식탁 의자로 가서 앉았다. 제주시 애월읍 바람볕 게스트하우스. 식탁 위에 놓인 봉투를 가만히 응시하며 얼마간 기싸움 중이다. 편지를 두고 일어나 민성이 간식을 챙기고 아침 먹고 못다 한 설거지를 천천히 해낸다. 잔뜩 쌓인 빨래를 분류해 세탁기를 돌린다. 각 방의 이부자리를 반듯하게 정리하고 공연히 구석구석 청소기를 한바탕 돌렸다. 아이와 함께 재활용 쓰레기를 내다 버리고 왔다. 더 이상 할 일이 떠오르지 않을 때야 비로소 식탁 의자에 다시 앉는다.

"엄마, 이게 뭐야? 빨간색 좋아."

블록을 쌓던 민성이가 다가와 식탁 위의 빨간색 봉투를 만지작거리며 묻는다.

"할머니 편지야."

"할머니? 할머니 보고 싶어."

아이는 발을 동동 구르며 눈이 그렁그렁 차올랐다.

"민성이가 빨간색 좋아한다고 새빨간 봉투에 편지를 넣어 보내셨네."

아이를 안아서 무릎 위에 앉혔다.

"응. 빨간색. 할머니 뭐라고 말하고 있어?"

"글쎄. 아직 안 읽어봐서 모르겠어."

"빨리 봐. 할머니. 할머니이. 민성이한테 말해줘. 할머니 이야기."

"그래. 시간이 걸리니까 만화 보면서 좀 기다려줄래?"

"만화? 응."

아이에게 만화를 틀어주고 다시 자리에 앉았다. 편지를 가만히 바라보다가 커피를 한 잔 만들기로 한다. 버튼 하나만 누르면 끝나는 에스프레소 머신보다 시간을 천천히 쓸 수 있는 드립 커피를 내리기로 한다. 드립 포트에 물을 채워 데우고 수동 그라인더에 원두를 넣고 천천히 돌려 갈아낸다. 알맞게 분쇄되어 향을 풍기는 커피 가루를 거름종이에 넣고 평평하게 흔들어 준다. 물이 끓고 버튼이 탁. 하고 올라오자 물줄기로 동그란 원을 그려 중심으로 들어간다. 그 중심으로부터 다시 외곽으로 퍼져 나오기를 반복한다. 위로는 김을 내며 아래로는 똑똑 끊어져 내리는 커피를 바라본다. 어느새 서버에 커피가 가득 채워졌다. 머그잔에 커피를 가득 옮겨 붓고 식탁에 앉았다. 뜨거운 커피를 조금 들이켜고 심호흡을 했다. 이제 봉투를 열 차례다.

딸에게.

저녁 준비를 할 때면 라디오를 들었다. 그날은 황혼에 대한 이야기로 라디오의 시작을 열더구나. 잔잔하고 경쾌한 음악을 배경으로 DJ가 아름다운 목소리로 읊조린다.

"황혼, 해가 질 무렵의 주황빛 하늘을 가리키기도 하지만 한창인 고비를 지나고 쇠퇴하여 종말에 이르는 사람의 생애를 비유적으로 이르는 말이죠. 성숙하고 아름다운 여유의 상태이기도 하구요..."

무를 채 썰던 칼질을 멈추고 싱크대에 두 팔을 짚고 서서 부엌 쪽창 너머로 시선을 돌린다. 어스름히 붉은 빛으로 물드는 황혼 녘 하늘 앞에서 그저 망연히 섰어. 성숙하고 아름다운 여유의 상태라... 쇠퇴하고 종말에 이르는 게 어떻게 아름다운 여유와 연결 지어질 수 있는지. 나는 그저 말을 잃고 섰을 뿐이야. 생의 어느 때라도 아름다운 여유란 없었다. 지켜내기 위해 치열하게 살았을 뿐이다. 소멸로 기울고 있는 쇠퇴이기에 공포감까지 더해진다. 아름다운 여유란, 아직은 그 공포의 날들이 실감나지 않을 젊은 생들이 보내는 동경일 것이다. 새삼스레 소스라친다. 지금 내 삶이 바로 그 황혼에 닿았음을 자각했기 때문이다. 앞으로 걷기만 했는데 이미 쇠퇴하여 종말로 향하는 길 위에 서 있다는 사실을 이제야 깨닫는다.

순조롭게만 흐른다면 생이 아니겠지. 제자를 배출하는 일, 학계에서 연구하는 일, 가족에 대한 사랑만이 전부일 것이라 믿었던 네 아빠가 가정에 충실한 사람은 아니었음을 너도 알고 있으리라 생각한다. 나는 그

문제에 있어서 당당히 맞서 싸우지 못했다. 덮어두고 모른 척했지. 아낌없이 사랑을 주고 정성을 다해 헌신했을 뿐인데 어째서 이 노력이 가시가 되어 내게 박히는지 나는 이해할 수 없었다. 그럴 때마다 내가 할 수 있는 일은 아무렇지 않은 척, 괜찮게 사는 척, 입술에 피가 배도록 꽉 깨물고 일상을 지켜내는 것이 최선이었다. 그럴수록 내 속은 까맣게 썩어들어갔다. 가만히 혼자 있을 때 종종 나의 근원에서부터 악취가 올라왔다. 구역질이 날 만큼 지독한 악취에 화들짝 놀라 그것들을 꽁꽁 싸맸다. 누가 보지는 않았는지 주변을 두리번거리며 몇 겹으로 밀봉해 다시 밀어 넣었다. 그리고 아무렇지 않게 다시 일상을 살았다.

　네 아빠가 우리 곁으로 돌아오기만을 기다리다가 그렇게 떠나보냈다. 기다림의 세월이 물거품이 되어버린 듯했다. 다시 힘을 낼 수 있었던 것은 그 어린 것, 민성이를 통해서였다. 민성이를 키우며 정신없이 행복에 겨웠던 과거의 영예를 다시 누리는 것 같았다. 나의 쓸모를 다시 찾은 것 같았다. 그러나 나의 육신은 세월에 닳아 기울고 있다. 나이 60이 넘은 황혼에 전적으로 아이를 도맡아 기른다는 것이 자연의 섭리에 위배되는 것이 아닐까. 다 누리고 지켜내고 싶은 것은 나의 과욕이 아닐까. 정작 스스로는 지켜내지 못하면서 말이다.

　그래 서진아... 서진이가 여덟 살이나 되었을 때인가. 무심히 길만 걷던 나를 불러 세우고 빌딩 앞의 조형물을 가리키며 "엄마, 이건 하늘과 구름과 산을 표현한 거야." 하고 말하는 네가 어찌나 사랑스러웠는지 모른다. 네 뜻을 존중한 적이 별로 없었던 것 같구나. 나의 오만한 판단을 조금이라도 자각했더라면 우리의 현재는 좀 다른 형태였을까? 답도 없는 질문을 몇 번씩 하다 보면 하루가 다 지나간다.

물러나지 않을 것 같던 팽팽한 여름도 한결 느슨해졌다. 이제 여기 온 지 한 달이 찼구나. 아침에 눈을 뜨면 오늘도 여지없이 아름다운 감옥이다. 변화무쌍한 제주의 하늘, 날씨, 푸르른 오름, 펼쳐진 바다도 나의 그리움과 쓸쓸함을 고조시킬 뿐이다. 그립다. 서울에서 내가 누리던 모든 것들이 그립다. 민성이의 보들보들한 살결을 만지고 안아보고 싶다. 어린 것의 달콤한 살냄새를 깊이 들이마시고 싶다. 내 딸의 다친 마음을 어루만지고 위로하고 싶다. 주영이와 소소한 일상을 나누고 싶다. 내가 끔찍이 사랑하는 것들로부터 나는, 자발적인 유배를 떠난 셈이다.

떠나오기 전, 민성이 책을 읽어 줄 때마다 갈라지는 목소리에 감기가 제대로 걸렸구나 했다. 우리 민성이가 그 목소리를 너무 싫어했지. 잦은 기침과 각혈까지 동반되어 병원에 들렀다가 후두암 판정을 받았다. 초기발견이라 다행히 방사선치료만으로 가능하다고 했다. 아무리 생각해도 너와 민성이에게 약한 모습을 보일 수는 없었다. 치료 중에 일상생활이 가능하다고는 하지만 방사선을 쪼인 몸으로 민성이 곁에 머무를 수는 없었다. 아빠와 잘 알고 지내던 대학병원 교수님께 제주살이를 하시는 저명한 선생님을 추천받았기에 떠나오는 게 가능하기도 했다. 여러모로 운이 좋았구나. 제주에 와서 며칠간 이곳의 풍광을 누렸다. 단 며칠이라도 여행자처럼 살리라 마음먹었지. 소진된 체력으로 간신히 오름을 오르고 입맛이 없는 가운데 억지로 이곳의 음식을 찾아 먹기도 했다. 그리고 며칠 후 예정되어 있었던 방사선 치료가 시작되었고 뜨거운 여름을 견디고 나니 치료도 막바지까지 왔구나. 현재까지도 정상적인 목소리를 내기가 좀 힘들다. 거친 쇳소리로 민성이와 대화하고 싶지 않았다. 그래서 전화기를 꺼 두었는데, 넓은 이해를 바란다. 나는 차차 회복할 테니 너무 걱정하지 않아도 된다. 잘 견디고 있다.

사랑하는 딸아. 나를 증명해내느라 지난 세월 나로 살지 못했다. 그것은 오롯하게 과오로 남았다. 지금 나는, 병마와 싸우면서 나로 살기 위해 싸워 본 적이 있는가를 생각하고 생각한다. 그리하여 성숙하고 아름다운 여유란 게 무엇인지 찾지 않으면 스스로를 용서할 수 없을 것만 같다. 시간이 없다. 쇠퇴하여 종말에 이르기 전에 말이다. 썩어난 나의 몸과 마음을 펼쳐놓고 제주의 바람과 볕을 쏘이며 말리고 돌보는 중이다.

너에게 이 편지를 쓰고 보내기까지 얼마나 많은 고민을 했는지 모르겠구나. 주영이가 네게 편지를 보내라고 어찌나 채근을 하던지. 못 이기는 척하고 이렇게 글을 보낸다. 쓸데없는 말만 늘어놓고 정작 하고 싶은 말은 목구멍에 걸려 끝내 뱉어지지 않는다. 나이가 들수록 지혜로워져야 하는데 알량한 고집 속에 스스로를 가두는 것이 더 익숙하구나. 이 여름도 저물어 간다. 늦지 않았으면 좋겠다. 사과하마.

8월 29일

from. 윤영옥

테이블에 양 팔꿈치를 대고 손바닥으로 얼굴을 감싸고 있었다. 얼마나 시간이 흘렀을까. 민성이가 다가와 나를 올려다보며 티셔츠 자락을 쥐고 흔든다.

"엄마, 다 봤어? 할머니가 뭐래?"

목이 메 쉽게 말이 나오지 않았다.

"으응? 할머니가 뭐래에?"

아이를 품에 안고 이마와 목에 뽀뽀했다. 그리고 꼭 안았다.

"엄마아. 말해줘."

아이가 품에서 나를 떼어내고 작은 손으로 내 얼굴을 감싸며 눈을 맞췄다.

"엄마. 말해줘."

"응, 할머니가 엄마랑 민성이를 많이 사랑한대."

"나도 사랑해."

아이를 와락 껴안았다. 아이는 다시 나를 떼어내고 천진한 얼굴로 말했다.

"사랑하는데 왜 안 와?"

"우리가 할머니한테 갈까?"

"응. 갈래."

아이의 머리칼을 쓸어 올렸다.

"지금 가. 지금."

"그래. 지금."

epilogue ——

미뤘던 은행 일을 보기 위해 억지로 집을 나선다. 제법 수북이 쌓인 낙엽을 밟으며 불쑥 삐져나온 발가락을 바라본다. 으스스 떨어대며 호들갑스럽게 잠바를 꺼내 입고선, 양말을 챙겨 신을 생각은 하지 못하고, 현관에 뒹굴던 슬리퍼를 무심코 끼워 신고 말았다. 한 꺼풀 더 껴입으면 뭐 하나. 발끝이 차가우니 추위에 취약한 몸 전체가 으슬으슬 춥다.

지난여름은 유난히 뜨거웠고 잦은 장마가 들이쳤다. 내 안에 무슨 이야기인가 하고 싶었고, 어떤 이야기든 해야만 했는데, 무슨 수로 어떻게 꺼내 놓아야 할지를 내내 앓았다. 그 속에서 벌겋게 달구어졌다가 눅진하게 녹아 버리기 일쑤였다.

나의 내부에서 득실거리던 이야기는 결국 무엇이었을까. 고된 지난날을 버텨내고 단단하게 자기의 길을 내딛는 주영과, 잃었던 자기표현을 찾아 나서기 위해 선택하고 결정하는 서진, 자신의 상처를 자식에게 투영하며 삐뚤어진 욕망을 비추던 영옥 여사의 자각과 반성을 통해 개인의 결핍과 희망에 관하여 이야기하고 싶었다. 결핍에서 비롯된 지난한 부대낌 속에서 놓치지 말아야 할 실낱같은 희망에 관하여 이야기하고 싶었다. 영옥 여사는 마지막 편지에서 최선을 다해 치열했음을 이렇게 고백한다.

"황혼, 성숙하고 아름다운 여유의 상태라... 쇠퇴하고 종말에 이르는 게 어떻게 아름다운 여유와 연결 지어 질 수 있는지. 나는 그저 말을 잃고 섰을 뿐이야. 생의 어느 때라도 아름다운 여유란 없었다. 지켜내기 위해 치열하게 살았을 뿐이다. 소멸로 기울고 있는 쇠퇴이기에 공포감까지 더해진다. 아름다운 여유란, 아직은 그 공포의 날들이 실감 나지 않을 젊은 생들이 보내는 동경일 것이다. 새삼스레 소스라친다. 지금 내 삶이 바로 그 황혼에 닿았음을 자각했기 때문이다. 앞으로 걷기만 했는데 이미 쇠퇴하여 종말로 향하는 길 위에 서 있다는 사실을 이제야 깨닫는다."

우리가 잊지 말아야 할 희망의 실마리를 M교수가 수업에 들어가며 했던 말에서 함께 생각하고 싶다. 그리하여 우리가 삶에서 맞딱뜨리는 문제에 대하여 선명한 대안은 없더라도 뚜렷한 구원을 얻기를 바란다.

"이 수업은 미술의 기법이나 지식을 전수하는 시간이 아닙니다. 문화예술의 기본 틀을 마련하기 위한 과정입니다. 지금 우리에게 필요한 것은 단지, 창의적 사고와 열린 마음입니다. 어른이 된 우리에게 쉽지 않은 것들이죠. 하지만 갈구하고 갈망해야 합니다. 흘러가는 것들을 놓치지 않고 캐치해야합니다. 그런 과정을 통해 우리 삶의 문제를 적극적으로 해결할 수 있기를 바랍니다."

글을 마치고 나니 훌쩍 가을이다. 차가운 발가락을 의식하며 나는 또 무슨 이야기인가 해야만 한다고 상기한다. 또 무슨 수로 어떻게를 고민하며 다가올 겨울을 앓을 것이다. 얼고 메마른 겨울을 견디고 마침내 봄, 벚꽃비 아래 단단히 굳은 몸을 녹이며 이어지는 여름을 기다릴 것이다. 그렇게 계절을 내내 앓는 사람이기를 바란다.

2019. 10
김정

프롬 윤영옥

ⓒ 2019, 김정   Aléa 2

지은이	김정
초판 1쇄 발행	2019년 10월 13일
펴낸곳	두두
펴낸이	윤진경
기획편집위원	박형준 · 장현정 · 차선일
편집	박정오 · 현수
디자인	최효선
마케팅	최문섭
등록	2018년 04월 11일(제2018-000005호)
주소	부산 수영구 광안해변로 294번길 24 지하1층
전화	070-7701-4675
팩스	0505-510-4675
전자우편	doodoobooks@naver.com

Published in Korea by DooDoo Publishing Co, Busan.
Registration No. 2018-000005.
First press export edition October, 2019.
Author Kim Jung
ISBN 979-11-964562-4-5   03810

※ 본 사업은 부산광역시, 부산문화재단의 2019 청년문화 육성지원 사업을 통해
　사업비를 지원받았습니다. 부산광역시 BUSAN METROPOLITAN CITY　부산문화재단 BUSAN CULTURAL FOUNDATION

이 도서의 국립중앙도서관 출판예정도서목록(CIP)은 서지정보유통지원시스
템 홈페이지(http://seoji.nl.go.kr)와 국가자료공동목록시스템(http://www.
nl.go.kr/kolisnet)에서 이용하실 수 있습니다. (CIP제어번호: CIP2019040287)